ハヤカワ文庫SF
〈SF2150〉

銀河の壺なおし
〔新訳版〕

フィリップ・K・ディック
大森 望訳

早川書房
8069

GALACTIC POT-HEALER

by

Philip K. Dick

Translated by
Nozomi Ohmori
Published 2017 in Japan by
HAYAKAWA PUBLISHING, INC.
This book is published in Japan by
direct arrangement with
THE WYLIE AGENCY (UK) LTD.

The official website of Philip K. Dick: www.philipkdick.com

シンシア・ゴールドストーンに

ほんとうに怖かった、ものすごく恐ろしかった
それでも、なおのこと光栄に思った
彼は、秘められた土の暗い戸口から
僕のもてなしを求めて出てきたのだから

――D・H・ローレンス「蛇」

銀河の壺なおし〔新訳版〕

1

父親は壺なおし《ポット・ヒーラー》だった。そして彼も、壺なおしを仕事にしている。実際は、壺にかぎらず、どんな陶器でも修復した。戦争前、プラスチック以外の材料がまだ使われていた旧時代の遺物。

陶器の壺はどれもすばらしい品だったから、彼は自分が修復する壺のひとつひとつをこよなく愛し、そのかたちや感触や光沢を脳裏に刻んで、永遠に記憶にとどめた。

しかしながら、いまはもう、彼の仕事、彼の腕を必要とする客はほとんどいなかった。現存する陶器はあまりにも少なく、所有者は陶器が割れないよう細心の注意を払っている。

ぼくはジョー・ファーンライト。彼は心の中でいった。地球でいちばんの壺なおしだ。ぼく、ジョー・ファーンライトは、他の男とは違う。

仕事場には、からっぽの箱が山積みだった。修復した壺を返送するための、スチール製の箱。しかし、修復の依頼はほとんどゼロ。この七カ月、作業台は一度も使われていない。その七カ月のあいだに、いろんなことを考えた。この商売に見切りをつけて、なにかべつの仕事に就くべきだろうか。退役軍人失業手当の世話にならずに済むなら、どんな仕事だっていい。とにかく、この商売はもう立ちゆかない。数少ない客も、よその店に修復を依頼している。自殺も考えたし、世界平和議会の高官を殺害するみたいな大罪をおかすことも考えた。でも、そんなことをしてなんになる？　それにどのみち、人生はまったくの無価値というわけじゃない。他のすべてが彼にそっぽを向き、去っていったとしても、まだひとつだけ、いいものが残っている。〈ゲーム〉。

居室がある集合住宅の屋上で、弁当箱を片手に高速輸送飛行船を待ちながら、ジョー・ファーンライトは朝の冷たい空気にぶるっと身震いした。もういつ来てもおかしくない。ただし、すでに満員だった場合は、ここにはとまらず、そのまま行ってしまう。まあ、そうなったら歩けばいいだけのこと。

歩くのには慣れていた。政府の失策はあらゆる分野におよび、公共輸送システムもその例外ではない。政府のクソめ。いや、クソなのは自分たちか。けっきょく、自分自身、この惑星全体に広がる〈党〉組織の一部なのだから。組織のネットワークはあらゆる場所に触手を伸ばして浸透したのち、愛情に満ちた痙攣《けいれん》を起こし、全世界に広がる死の抱擁で万人を包み込んでしまった。

「もうたくさんだ」となりで待っていた男が、きれいにひげを剃りローションをつけたあごをぴくぴく引き攣らせながら、いらだたしげにいった。「スライドで地上まで降りて歩くよ。じゃあな」男は飛行船を待つ人々の列をかきわけて歩き出した。列はそのうしろですぐまたもとどおりに閉じ、男の姿は見えなくなった。

ぼくも歩こう。ジョーは心を決めてスライドのほうに歩き出した。他の通勤客も、数人がぶつぶつ文句をいいながら列を離れた。

地上に降りて、ひび割れたまま放置されている歩道に立つと、ジョーは大きく深呼吸して怒りをおさえつけ、自分の足で北に向かって歩き出した。

そのとき、パトロールの警察車が舞い降りてきて、ジョーの頭のすぐ上で静止した。

「歩行速度が遅い」制服警官がそういって、ウォルターズ&ジョーンズのレーザー・ピストルをこちらに向ける。「速度を上げろ。さもないと逮捕する」

「急ぎますよ。ペースを上げるのにちょっとだけ時間をください。まだ歩き出したばかりなもんで」歩調を速め、大股で急ぎ足に歩く通行人たちにペースを合わせた。ジョー自身と同じく、西暦二〇四六年四月はじめのこの冴えない木曜の朝に、北米市民共和国クリーヴランド市で、幸運にも、仕事と行く場所に恵まれている人々。まあ、とにかく、仕事といえなくもないだろう。働く場所があり、技術があり、経験があるのだから。それに、遠くない将来には、修理の注文もあるかもしれない。

オフィス兼工房——実際は、間仕切りにはさまれたひと間の小房《キュービクル》——にあるのは、作業台と工具と山積みのスチール箱、それに小さな机と、革張りの古いロッキングチェア。椅子は祖父から父に受け継がれ、いまはジョーが来る日も来る日も、来る月も来る月もそれにすわっている。そして、陶磁器の花瓶がひとつ。背が低くどっしりして、白素地の上からかかるくすんだ青の釉薬《ゆうやく》の垂れが味わい深い。

手に入れたのはずいぶん前で、おそらく十七世紀の日本で焼かれたものだろう。お気に入りの品。戦争中も、ひびひとつ入らなかった。

ロッキングチェアに身を沈めると、椅子が主人の体に合わせて自然にかたちを変えるのを感じた。ジョーがこの椅子を知りつくしているように、この椅子も、ジョーが生まれたときから、彼のことを知りつくしている。郵便シューターのボタンに手を伸ばしたところで、ちょっとためらった。ボタンを押せば、朝の郵便物がチューブを通ってデスクの上に滑り落ちてくる。でも、もし仕事の依頼がなかったら？　ないに決まってる。でも、今度は違うかもしれない。ずっとヒットを打っていない野球選手みたいなものだ。応援する観客は、もうそろそろヒットが出るころだと思う。ジョーもそう思った。ボタンを押した。

請求書が三通、滑り落ちてきた。

それといっしょに、きょうの分の失業手当の入った、さえない灰色の小包がひとつ。その中身は、ごてごてした妙ちきりんなデザインの政府発行紙幣。つねにインフレ傾向にある、ほとんど無価値な商品引換券だ。毎日、印刷されたばかりの紙幣が入った灰色の包みを受けとると、ジョーは最寄りのスーパー商品引換センターであるGUBに息せき切って駆けつけ、紙幣にまだ価値があるうちに、食料、雑誌、薬、新品のシャツなどなど、とにかくなにかかたちのあるものと大急ぎで交換する。みんなそうしているし、そうしなければならない。政府発行紙幣をほんの二十四時間でも寝かせておくのは、自分から災難を背負いこむようなもの。自殺行為だ。政府発行紙幣の交換価値は、大ざっぱにいって、二日間で八〇パーセント下落する。

「大統領の健康と長命に」となりの小房の男が声をかけてきた。おきまりの挨拶。

「ああ」ジョーは反射的に応えた。同じような房が、何層にもわたって無数に並んでいる。この建物全体で、いったいいくつあるんだろう。千？　二千、もしくは二千五百？　なんなら、きょう調べてみてもいい。この房のほかに、正確にいくつ房があるか数えて、答えを出す。そうすれば、この建物内にあと何人いるのかわかる……病気で仕事を休んでいたり、死んでしまったりした人間はべつにして。

でも、まずは煙草だ。パッケージをとりだし——当該植物がもたらす健康被害および中毒性に鑑み、喫煙は法律で厳しく禁じられている——火をつけようとした。

そしていつものように、向かいの壁にとりつけられた煙感知器に目がとまった。一服十ポスクレッドか。考え直して煙草をポケットにしまい、ひたいを強くこすりながら、心の奥底に潜む渇望の正体を推し量ろうとした。これまでに何度も法を犯して喫煙してきたが、そのひきがねになった欲求とは、いったいなんなのか。ぼくがほんとうに求めているのはなんなんだろう。口寂しさを癒やすことは、もっと大きなものの代償行為でしかない。ジョーの中で、原始的な飢えが、周囲のすべてを貪り食おうとするように、大きく口を開けている。外にあるものを中にとりこもうとするように。

だからジョーは〈ゲーム〉をプレイする。この飢えが、彼のために〈ゲーム〉を生み出した。

赤いボタンを押して受話器をとり、雑音が混じる中継器がのろのろと回線を接続するのを待った。

「キ――ガリガリ」と電話がいった。抽象的な色とかたちが画面に表示される。電子的な混線のせいで、ぼんやりとしか見えない。

暗記している番号をダイヤルした。十二桁。最初の三桁でモスクワにつながる。

「サクストン・ゴードン副管理官のオフィスです」小型画面に映るロシア人の交換担当官が渋い表情になる。「どうせ、またゲームでしょ」

「人間という二足歩行動物は、プランクトンの粉末のみでは代謝を維持できないんだ」

不品行をとがめる清教徒のような目でこちらをにらんでから、交換担当官は回線をガウクにつないだ。ソヴィエト下級官僚の痩せた顔が画面にあらわれた。退屈そうなその表情がたちまち興味津々の表情にかわり、「ア・プレスラヴニィ・ビチャジィ」と抑揚豊かにいった。「ドストイニィ・コノヴォト・トルピ・ベズモスグロイ、プレストナヤ――」

「演説は抜きだ」ジョーはガウクのロシア語を途中でさえぎった。いらいらした、険悪な気分。午前中のジョーはいつも機嫌が悪い。

「すまん《プラスチーチエ》」とガウクは謝罪した。

「問題はできてるか?」ジョーはペンを手にしてたずねた。

「朝からずっと東京の翻訳コンピュータがふさがってたから、神戸のほうに接続した」とガウクが答えた。「東京より規模は小さいが、ある意味、神戸のほうが、なんというか、ずっと風情がある」いったん口をつぐんで、紙片に目をやる。ガウクのオフィスも、ジョーの作業場と同様、メモ用箋と電話をのせた机に、背もたれがまっすぐなプラスチック製の椅子が一脚あるだけの小房だった。「いいか?」

「いいとも」ジョーはペン先を慣らすためにでたらめな落書きをした。

ガウクはひとつ咳払いすると、紙片にまた目を落とした。顔には張りつめた笑み。この問題はもらったとでもいうような、自信ありげな表情を浮かべる。

「もともとは、きみの国の言葉だ」みんなで話し合って決めたルールを尊重して、ガウクが説明した。彼らは地球のあちこちに散らばる小さなオフィスでどうでもいい地位につき、なすべき仕事も、悲しみも、困難な問題もなく、あるのはただ、集団主義的社会のどうしようもない空虚さだけ。彼らはその空虚さに各自のやりかたで抵抗しつつ、〈ゲーム〉という手段を通じ、みんなの力を合わせて闘っている。「書名」とガウクが説明をつづけた。

「ヒントはそれだけ」

「有名？」

ガウクは質問を無視して紙片を読み上げた。「『格子細工銃刺し昆虫』」

「状差し？」

「いや。銃刺しだ」

「格子細工《ラティスワーク》か」とジョーは思案をめぐらした。「網状組織《ネットワーク》。〝銃刺し昆虫《ガン・スティンギング・インセクト》〟？ 雀《ワス》蜂《プ》」ペンを走らせるが、なにも浮かばない。「神戸の翻訳コンピュータの出力だといったよな？ 蜂《ビー》だ」ととりあえず決める。「それに〝銃《ガン》〟がつくから、銃蜂《ガン・ビー》か。ハジキ蜂《ヒーター・ビー》。レーザービー。鉄砲蜂《ロッド・ビー》。チャカ《ギャット》」といいながら単語を書き留める。「チャカ雀蜂《ギャット・ワスプ》、ギャット・ビー。ギャッツビーだ。〝格子細工〟。こっちはたぶん、格子《グレーティング》だな。鉄格子《グレート》」わかったぞ。「答えは、F・スコット・フィッツジェラルド著、『グレート・ギャッツビー』だ」ジョーは勝ち誇ったようにペンを放り投げた。

「十ポイント獲得」といって、ガウクが得点を記録した。「これでベルリンのヒルシュマイヤーと並んだな。ニューヨークのスミスよりちょっと上。もう一問やるか？」

「今度はこっちが出題しよう」ジョーは畳んだ紙をポケットから出し、机の上に広げると、

『男性の子孫、加えてベッドを出る』と読み上げ、会心の笑みを浮かべた。東京の中心にある大型翻訳コンピュータから選んだこの問題は、われながら出来がいい。

「楽勝だな」ガウクはあっさりいった。「息子《サン》、太陽《サン》。『陽はまた昇る』だろ。これで十ポイント」ガウクは記録した。

ジョーはむっとしながら、「『男性の同性愛者が通行税を徴収して渡す相手』」

「また真剣束縛道《シリアス・コンストリクティング・パス》か」ガウクはにこやかに笑って、「『誰がために鐘は鳴る』」

「真剣束縛道？」ジョーはいぶかしげにくりかえした。

「アーネスト・ヘミングウェイだよ」

「降参だ」ジョーはぐったりしていた。コンピュータ翻訳された言葉のオリジナルをあてるこのゲームで、ガウクには大差をつけられている。

「もう一問どうだい？」ガウクは穏やかな表情で媚びるようにたずねた。

「よし、もう一問」

「『喧嘩する臀部ですみやかに砕かれた』」

「うーん」ジョーは途方に暮れ、気弱なつぶやきを洩らした。まるで見当がつかない。

「『すみやかに砕かれた』。壊れたか《ブロークン》。壊した《ブローク》、壊れる《ブレイク》、すばやく《クイック》。こっちは速い《ファースト》だな。朝食《ブレックファースト》か。しかし、『喧嘩する臀部』は？」ジョーは古代ローマ人風に熟考《コギト》した。

「闘い。議論。口論」なんの答えも浮かばない。「〝臀部〟。後部、ケツ、尾部」しばし黙り込んで、今度はヨガ流に黙想した。「だめだ」とついに白旗を掲げる。「わからない。降参だ」

「ずいぶん早いな」ガウクが眉を上げた。

「ああ、一日中ここにすわって考えてるのも無駄だからな」

「お尻《ファニー》」

ジョーはうめき声をあげた（「諍い」を意味するtiffとfannyを合わせると「Tiffany」となる。正解は『ティファニーで朝食を』）。

「うめいたのか？　正解できて当然の問題を一問落としたから？　疲れてるのか、ファーンライト？　他のみんなと同じく、することがなにもないまま何時間もせまい穴ぐらにいて、もう我慢の限界か？　おれたちと話をせずに、ひとり静かに過ごすほうがいいのか？　もうやりたくないなんていわないでくれよ」ガウクは本気でショックを受けたような口調だった。表情が暗い。

「楽勝の問題だったっていうだけのことだよ」ジョーは弱々しく答えたが、モスクワのゲーム相手が納得してないのは顔を見ればわかった。「ああ、そうだよ。落ち込んでる。もう、そう長くは耐えられない。意味がわかるか？　わかるよな」ジョーは返事を待った。どちらもしゃべらないまま、のっぺりした時間が過ぎてゆく。

「切るぞ」といって、ジョーは電話を切ろうとした。

「待て」ガウクはあわてたように、「もう一問」

「いや」といってジョーは接続を切り、うつろな目で紙を見やった。まだ何問か書いてあるが、しかし――もうおしまいだ。ジョーは苦い思いでそうひとりごちた。もう気力がつきた。やりがいのある仕事がなにひとつないかわりに、仲間とつくりあげたこの〈ゲーム〉のようなくだらない遊びで人生をやりすごす――そのために必要とされる忍耐心の容量がもういっぱいになってしまった。〈ゲーム〉を通じて仲間と接触することで、ぼくらは孤独に槍を刺し、ばらばらにする。〈ゲーム〉を通じて外を覗く。だが、実際に見えるものは？　鏡に映る自分自身の姿、血の気の失せた弱々しい顔だ。情熱を傾けるものとてなく、あらためて考えてみれば、死のすぐ近くにいる。死を感じられる。死はなんと身近なことか。なにかに殺されるわけじゃない。敵も、競争相手もいない。更新していない雑誌の予約購読のように、ひと月、またひと月と、期限切れが近づいてくるだけ。というのも、中身がすっかりからっぽになってしまい、もう参加できないからだ。たとえ彼らが――〈ゲーム〉に参加しているみんなが――ぼくみたいにどうしようもないプレーヤーを必要としてくれているとしても。

それでも、見るともなく紙を見ていると、自分の中に、一種の光合成のような反応がおぼろげに生じるのを感じた。残る活力が本能によって集まってくる。肉体の生物学的システムが目的もなく勝手に働き、存在を主張する。ジョーは新たな書名を書きはじめた。

電話のダイヤルをまわし、衛星回線を確保して日本に接続した。東京を呼び出し、東京の翻訳コンピュータの番号を告げる。長年の習慣で身につけたコツを利用し、中間段階をすっ飛ばして、大型のマシンに直接つないだ。

「音声入力」と告げる。

巨大なGX9コンピュータは入力モードをカチリと切り換えた。

「小麦は緑《コーン・イズ・グリーン》」といってから、電話の録音装置を起動する。

コンピュータはただちに日本語訳を音声で返してきた。

「お世話さま」接続を切り、ワシントンDCの翻訳コンピュータにダイヤルした。電話の録音テープを巻き戻し、さっきの日本語訳を再生して聞かせると、コンピュータがその日本語の音声を英語に翻訳する。

「決まり文句《クリシェ》は未熟」とコンピュータはいった。

「なんだって？」ジョーは思わず吹き出し、「もう一度、頼む」

「クリシェは未熟」コンピュータは神のごとき高潔さと忍耐でくりかえした（cornには口語で「陳腐さ」の意味がある）。

「それが逐語訳？」

「クリシェは——」

「わかったよ。サイン・オフ」ジョーはにやにやしながら回線を切った。人間的な気晴らしが生み出した活力ですっかり甦った。

しばしためらったあと、意を決してニューヨークのゲーム仲間のスミスに電話をかけた。

「資材調達供給局第七課」小さな灰色の画面に、退屈したビーグル犬のような顔が現われる。「よう、ファーンライト。問題か？」

「簡単なやつだ」とジョーはいった。「『クリシェは――』」

「おれの問題を聞いてからにしろ」とスミスがさえぎった。「こっちが先だ、いいか、ジョー――こいつは難問だぞ。まず解けない」言葉を噛みながら、早口に問題を読み上げる。「シャフト・タックアップル著、『湿地的永存主義《ボギッシュ・パーシステンティズムズ》』」

「ノー」

「なにがノーだ？」スミスは顔をしかめてこちらを見た。「考えようともしてないだろ、ただすわってるだけで。時間をやるよ。五分だ。ルールで五分と決まってる」

「もう辞める」とジョーはいった。

「辞めるって、なにを？〈ゲーム〉か？　せっかく上位にいるのに！」

「仕事を辞めるんだよ。この作業場をひきはらって、電話も解約する。ここにはいなくなる。〈ゲーム〉もできなくなる」ふうっと大きく息を吸って、「二十五セント貨《クオーター》を六十五枚貯めてるんだ。戦前の。二年かかった」

「硬貨か？」スミスはあんぐり口をあけた。「金属製の金《かね》？」

「自宅の暖房器の下に、石綿の袋に入れてしまってある」きょう、ご託宣を聞いてみよう。

「うちの通りのちょっと先の交差点にブースがある」とスミスにいった。はたしてコインの数は足りるだろうか。ミスター・ジョブは与えることが少ないという話だ。いいかえると、コストが高い。とはいえ、クォーターが六十五枚。大金だ。どれくらいの額かというと――メモ用箋にペンを走らせて計算した。「景品券一千万ドル分。朝刊に載ってる、きょうの……公式の交換レートで」

きりきりするような沈黙のあと、スミスがゆっくり口を開いた。「わかった。幸運を祈る。それだけ貯まっていれば、二十語分になる。もしくは、文章ふたつ分か。『ボストンへ行け。求めるべきは――』そこでカチリと停止して、うんともすんともいわなくなる。コインボックスがカタカタ鳴って、高架橋の迷路に落ちた硬貨は水圧に押されてオスロのミスター・ジョブのもとへ転がってゆく」スミスは、重い肉体労働を課せられた男の子みたいに、汗を拭うようなしぐさで鼻の下をこすった。「ファーンライト、おまえがうらやましいよ。たぶん、文章ふたつでもじゅうぶんだろう。おれも一度、託宣を聞いたことがある。クォーター五十枚も払った。『ボストンへ行け』といわれた。『求めるべきは――』そこで停止。焦らして楽しんでるんじゃないかと疑ったよ。そうしたいから、わざと途中でとめてるんじゃないかと。おれのクォーターで、擬似生命体ならではの快楽をむさぼってるみたいに。しかしまあ、自分で試してみろよ」

「ああ」ジョーは冷静に答えた。

「おまえのクォーターがぜんぶ呑まれたら――」とスミスがいいかけたが、ジョーはみなまでいわせず、

「わかってる」と険のある口調でいった。

「どんな祈りも――」

「わかってる」

対面するふたりのあいだに沈黙が降りた。

「どんな祈りも」とスミスがようやく口を開いた。「あのいまいましい機械からそれ以上の言葉を吐き出させることはない」

「ああ」ジョーはなにげない口調を装って答えたが、スミスの言葉がしだいに効きめをあらわし、気持ちが冷めてゆくのを感じた。心の中で荒れ狂う烈風。けっきょく、なんの答えも得られないという予感。ミスター・ジョブが、肝心な部分のカットされた短い御託宣を出し、そこで――スミスのいうとおり――カチリ、はい終了。ミスター・ジョブは大洪水以前から遺《のこ》る黒く古い金属機械の究極の化身だ。究極の拒絶。超自然的な聴力障害なるものがもし存在するとしたら、ミスター・ジョブに投入するコインが尽きたときがまさにそれだ。

「大急ぎでもう一問どうだ？」スミスがいった。「ナマンガンの翻訳コンピュータから拾った問題だ」優美な長い指で畳んだ紙を広げ、『『チェスの駒が破産者を生んだ』有名な

映画で、時期は──」

「質屋《ポーンブローカー》」ジョーは平板な口調で答えた。

「当たり！　すごいな、ファーンライト、さすがだよ。もう一問行くか？　切るなって！　次のはほんとに難問だ！」

「ベルリンのヒルシュマイヤーに出してやれ」といってジョーは回線を切った。

ぼくは死にかけている。

年代物の古ぼけた椅子に身を沈め、郵便シューターの着信を示す赤いランプが点灯していることにぼんやり気づいた。たぶん。数分前からついていたんだろう。妙だな。午後一時十五分まで配達はないはずだが。速達だろうか。ジョーはボタンを押した。

封筒が滑り出た。速達だ。

開けてみた。中には一枚の紙片。

壺なおし求む。謝礼保証

署名なし。発信人の住所なし。おいおい、これはなにかほんとにでかい仕事だぞ。まちがいない。

椅子をぐるっとまわし、郵便シューターの赤い警告ランプのほうにまっすぐ向けて、ジョーは待つ準備を整えた。次の連絡を、いつまでも待つ。それが届くより早く飢え死にしてしまわないかぎり。もうこれで、みずから進んで死を選んだりするもんか。生きていたい。そして待つ。待つ。

ジョーは待ちつづけた。

2

その日はもう郵便シューターからなにも届かなかったので、ジョー・ファーンライトはとぼとぼと〝家〟に帰った。〝家〟は、巨大な集合住宅ビルの地下にある一室だった。かつては、拡大クリーヴランドの風景デザイン企業であるインスタントヴューに依頼して、カリフォルニア州カーメルの景観を半年ごとに3Dプロジェクションで映してもらっていた。この〈景色〉がジョーの部屋の〈窓〉に広がると、自分が小高い丘の上に建つ家に住み、海とセコイアの森を眺めていると思い込むことができた。しかし、財政状況の悪化にともない、そんな贅沢な夢想は手放してしまった。いまでは、なにもないのっぺりした黒ガラスと向き合う環境に満足している――というか身をゆだねている。それと同時に、サイコ・リースの契約も打ち切った。部屋のクローゼットに設置されたこの脳インターフェイス機器は、彼が〝家〟にいるあいだ、代用窓に映るカーメルの景色が本物だと脳に信じ込みませる働きをしていたが、もう意味はない。

幻覚は脳から去り、幻影は窓から消えた。いま、仕事から〝帰宅〟したジョーはふさぎ込み、いつものように、自分の人生の不毛な面についてあれこれ考えていた。

かつて、クリーヴランド歴史工芸博物館が定期的に仕事を発注してくれた時期があった。ジョーは自前の熱針装置を使ってたくさんの割れた破片を金継《きんつ》ぎし、父親がそうしていたように、欠けたところのない完璧な陶器として次々に復活させた。しかし、その仕事も終わってしまった。博物館が所蔵する陶磁器は、すべて修復が完了している。

ひとりの部屋で、装飾品がひとつもない、この殺風景な仕事環境について考えた。かつては、割れた高価な壺を携えた裕福な客がしじゅうやってきて、ジョーは彼らの注文どおりの仕事をした。壺を治すと、壺は去ってゆく。あとにはなにも残らない。窓のかわりに部屋を飾る壺はひとつもない。一度、こんなふうにすわっているとき、仕事に使っている熱針について考えたことがある。この小さな針を胸に当ててスイッチを入れ、心臓の上に突き刺せば、一秒もかからずに終わりにできる。ある意味、とてもパワフルな工具だ。失敗だったぼくの人生に幕が引かれる。ジョーは何度も何度も、そうすることを考えた。いいじゃないか。

でも、郵便で受けとったあの妙なメッセージのことがある。あれをよこした人間――または人間たち――は、ぼくのことをどこで知ったんだろう。顧客開拓のため、ジョーは毎月、月刊セラミクス誌に小さな広告を載せている……その広告のおかげで、長年にわたって、細々とではあれ注文の流れが絶えなかったのだが、それも昔のこと。いまはもう、ぱったりと絶えてしまった。しかし、いまはこれがある。この妙なメッセージが！

ジョーは受話器をとってダイヤルを回した。数秒で、前妻のケイトの顔が画面に現われた。ブロンドの髪に、きつい顔立ち。ケイトはジョーをにらみつけた。

「やあ」ジョーは親しげといってもいい口調で声をかけた。

「先月分の扶養手当はどうしたの？」とケイトはいった。

「大きな仕事が入りそうなんだ。溜まってる扶養手当はぜんぶ払えるよ、もしこの――」

「なんの仕事よ」ケイトが割りこんだ。「足りない脳ミソのドブを浚《さら》って、またなにかいかれたアイデアを思いついたの？」

「メッセージが届いたんだ。読み上げるから、なにかわかることがあったら教えてほしい」前妻は――嫌いになった無数の理由のひとつだが――頭がよかった。離婚して一年経ったいまでも、ジョーはケイトの頭脳を頼りにしている。妙なもんだな、と前に思ったことがある。二度と会いたくないくらい嫌いな人間にこちらから連絡して助言を求めるなんて。不合理だ。いやむしろ、超合理的というべきか。憎悪を超えて……

不合理なのは、憎悪のほうじゃないか？　つまり、ケイトはぼくになにかひどいことをしたわけじゃない――金を稼ぐ能力の欠如について、度を超してたっぷりと、いやというくらい、たえまなく思い知らせてくれただけ。自分自身を憎むことを彼に教え、それから彼を捨てて、家を出た。

それでもなお、ジョーはいまこうしてケイトに電話をかけ、助言を求めている。

彼はメッセージを読み聞かせた。

「どう見ても、非合法な仕事ね」とケイト。「でも、知ってのとおり、あなたの商売にわたしはなんの関心もないから。自分でなんとかするのね。それとも、いまつきあってるだれかといっしょに。きっとなんの分別もない十八の小娘で、成熟した女と違って男を見る目がないんでしょうけど」

「非合法ってどういうこと？　非合法な壺？」

「猥褻《わいせつ》な壺よ。戦争中に中国人がつくってたような」

「やれやれ」そんな可能性は考えもしなかった。ケイト以外のだれがそんなことを覚えているだろう。ケイトは、ジョーの工房を通り過ぎていったその種の壺のひとつふたつに好色な興味を抱いたことがあった。

「警察に届けなさい」

「ぼくとしては――」

「まだなにか用？　夕食の最中なんだけど。ねえ、今夜うちに来ているみんなの夕食が邪魔されてるのよ」

「あの……そっちへ行ってもいいかな」忍び寄る孤独感のせいで声に不安な響きが混じる。

ケイトはいつも彼のその不安を感知して、自分の心と体の中にある無慈悲な要塞にひきこもる。その砦からたまに外に出てくると、ひとつふたつ傷を負わせてから、無表情な仮面だけを外に残し、また砦の中にもどる。そしてその仮面のおかげで、ジョーは自分自身の失敗によって傷つくことになるのだった。

「だめ」とケイトはいった。

「どうして？」

「あなた、会話でも議論でもアイデアでも、他人に提供できるものなんかなにひとつないじゃない。何度も自分でそういったとおり、あなたの取り柄はその手だけなのよ。それとも、うちに来て、ロイヤル・アルバートの青いカップを割ってから、それを修理してみる？　みんなを爆笑させる魔法の呪文のかわりに？」

「言葉でだって役に立てるさ」

「たとえば？」

「なに？」ジョーは画面に映るケイトの顔を見つめた。

「なにか深遠なことをいってみて」

「いますぐ？」

ケイトはうなずいた。

「ベートーベンの音楽は現実にしっかり根ざしている。それが彼の音楽を独特のものにしている。他方、モーツァルトは、たしかに天才だけど——」

「いいかげんにして」ケイトは回線を切った。スクリーンが空白になった。

行っていいかなんて訊くべきじゃなかった。ジョーはみじめな気分で思った。訊いたばかりに、また痛めつける足がかりを与えてしまった。なんであんなことをいってしまったんだろう。ジョーは立ち上がり、部屋の中をわびしくうろつきまわった。時間が経つにつれてその動きは目的を見失い、ついには足を止めて、ただじっと立っているだけになった。

ほんとうに重要な問題について考えなければ。電話をガチャ切りされたり、ひどい台詞を吐かれたりしたことは問題じゃない。問題は、きょう届いたメッセージに意味があるのかどうか。猥褻な壺、か。ひょっとするとケイトが正しいのかもしれない。猥褻な壺の修復は、たしかに非合法だ。メッセージを読んだ時点で、そうと気づくべきだった。もっとも、その点こそがケイトとぼくの違いだ。あいつならすぐに気がつく。ぼくは、修理を終えた壺をじっくり眺めてみるまで気がつかない。ぼくは利口じゃない。彼女と比べても、世間一般と比べても。

「算術的合計は洩れる流れの中で発射した」ジョーは荒々しく考えた。ぼくがいちばん得意なもの。少なくとも、〈ゲーム〉の成績はいい。それがどうした？　それがなんになる？

ミスター・ジョブが助けになってくれる。時は来た。今夜。

部屋についている小さなバスルームに駆け込み、水洗トイレのタンクの蓋を開けた。タンクの中を覗くやつなんかいない。そう思って、硬貨を入れた石綿の袋を水槽に吊るしてあった。

だが、その袋とは別に、タンクの水面に、小さなプラスチック容器が浮かんでいた。いままでただの一度も見たことがないもの。

容器を手にとってみると、信じがたいことに、巻いた紙が中に入っていた。トイレのタンクに浮かぶメッセージ……瓶に入れた手紙を海に流すみたいな。こんなこと、ありえない。思わず吹き出しそうになった。ウソだろ、こんなの。しかし、ジョーは笑わなかった。むしろ、恐怖を感じていた。ぞっとするような戦慄。これは、第二のメッセージだ。きょう郵便シューターで届いたものの続き。でも、こんな方法で連絡をとる人間なんかいない。人間じゃない！

小さなプラスチック容器のねじ蓋をまわしてはずし、中の紙片をひっぱりだした。思ったとおり、なにか書いてある。ジョーはそれに目を通し、もう一度読みかえした。

報酬は三万五千クランブル

クランブルってなんだ？　恐怖がつのり、パニックに変わる。栄養不良と血行不良の熱がうなじに上がってくる。わずかな身体的反応。肉体と精神がこの事態に適応しようとしている。脳だけでは処理しきれない大事件だ。

ジョーは部屋にもどり、受話器をとって、二十四時間辞書サービスにダイヤルした。

「クランブルとは？」応答した自動窓口にたずねた。

「ぼろぼろに崩れている物質《クランブリング・サブスタンス》です」自動音声サービスがコンピュータから引き出した情報を告げた。「換言すれば、微細な破片。小さなかけら、もしくは微塵。一五七七年に英語になりました」

「他の言語では？」

「中英語ではクレメレン、古英語ではゲクリミアンです。中期ゴート語では——」

「地球外の言語では？」

「ベテルギウス第七惑星のウルディィ語では、一時的な性質の小さな開口部を意味します。一種のくさびが——」

「それじゃない」

「リゲル第二惑星では、ちょこまか走る小型の生物で——」

「それでもない」

「シリウス第五惑星のプラブク語では、〝クランブル〟は貨幣単位です」

「それだ」とジョーはいった。「三万五千クランブルが地球の通貨でいくらになるのか教えてくれ」

「あいにくですが」辞書サービスはいった。「それに関しましては銀行サービスにご照会ください。番号は電話帳に記載されています」カチリと接続が切れ、画面が空白になった。ジョーは番号を調べて銀行サービスに電話した。「夜間につき、サービスを停止しております」銀行サービスの自動窓口が応答した。

「全世界で？」ジョーは驚いて訊き返した。

「すべてです」

「いつ再開する？」

「四時間後になります」

「これには人生が、ぼくの未来すべてが――」しかし、銀行サービスはすでに接続を切っていた。

横になって、四時間眠ろう。ジョーはそう決めた。いまは七時だ。アラームを十一時にセットすればいい。

ボタンを押すと、壁から滑り出したベッドが部屋のほとんどをふさぎ、居間だった空間が寝室になった。四時間だ、と自分にいい聞かせ、ベッドの時計をセットする。横になり、この小さなベッドが許すかぎり快適な姿勢をとると、もっとも深い睡眠状態を瞬時にもたらしてくれるトグルスイッチを手探りした。

ブザーが鳴った。

いまいましい夢回路め。こんなに早い時刻でも、夢を見なきゃいけないのか？　ジョーはぱっと起き上がって、ベッドサイドのキャビネットを開き、説明書をとりだした。そう、夢を見る義務はベッドを使うたびごとに発生する……もちろん、セックス・レバーを入れた場合は別だが。よし、そうしよう。ジョーは心の中でいった。これから女性と肉体の交わりを持つところだとベッドにいってやる。

ジョーはもう一度ベッドに横たわり、睡眠スイッチを起動した。

「あなたの体重は六十三・五キログラムです」とベッドがいった。「わたしの上にある重量が、それと一致しました。したがって、あなたは交接状態にありません」ジョーが入れた睡眠スイッチを機械がキャンセルし、それと同時にベッドが温まりはじめた。ジョーの下で加熱コイルが強く輝いている。怒れるベッドと議論しても無駄だ。ジョーは睡眠＝夢相互作用のスイッチを入れ、あきらめて目を閉じた。

たちまち眠りが訪れた。いつもそうだ。睡眠システムは完璧だ。そして夢がはじまった。世界各地で、いま眠っている人間全員が同じ夢を見ている。

すべての人間に、同じひとつの夢。とはいえ、ありがたいことに、夢の中身は毎晩違う。「やあ、みんな」陽気な夢の声がしゃべりだした。「今夜の夢はレグ・ベイカー作『刻まれた記憶』だ。それと、だいじなことをひとつ。夢のアイデアを送るだけで、高額賞金獲得の大チャンス！　採用されたら、宇宙旅行に無料招待――この地球を離れてどこでも好きなところへ行けるぞ！」

夢がはじまった。

ジョー・ファーンライトは、畏敬の念に震えながら、最高信用保証協会《SFC》の前に立っていた。ＳＦＣ会長がおごそかな声で表彰状を読み上げる。「ミスター・ファーンライト、貴殿が自身の工房において製作した彫版は、新しい通貨の原版に採用されました。貴殿のデザインは、すばらしい技術でつくられた多数の作品を含む総計十万点の応募作の中から最優秀と認められたのです。ここに、その栄誉を称えます。ミスター・ファーンライト」会長は、息子に対するような満面の笑みを浮かべた。ちょっと神父のようでもあるその表情は彼の十八番だった。

「このような賞をいただけて、たいへんうれしく、また光栄に思います」とジョーは答えた。「世界の財政的安定を回復することに微力ながら貢献できたのであればさいわいです。色鮮やかな新通貨にわたくしの顔が印刷されるという栄誉は、それにくらべたらごく些細なことですが、そうと決まった以上、この栄誉に対しても、心より喜びを表明したいと存じます」

「署名ですよ、ミスター・ファーンライト」会長は賢明な父親のように注意した。「新通貨に印刷されるのは、あなたの肖像ではなく、署名です。肖像まで印刷されるなどと、どうして勘違いされたのやら」

「おわかりでないようですが」とジョーは答えた。「もしわたしの顔が新通貨に印刷されないのなら、デザインは撤回させていただきます。そうなれば、地球の経済システム全体が崩壊するでしょう。インフレが進んで、いつ紙くずになってもおかしくない旧通貨を今後も使いつづけるしかないとなれば」

会長は考え込んだ。「デザインを引き上げる、と?」

「はっきり聞こえたでしょう」ジョーは彼の夢の中で、彼らの夢の中でいった。この同じ瞬間、地球上のざっと十億人がジョーと同じように自分のデザインを引き上げると脅している。しかしもちろん、本気でデザインを引き上げるつもりはなかった。これだけはわかっている。彼がいなければ、この集合国家の社会システム全体が崩壊するだろう。「それと、署名に関しては、古《いにし》えの偉大な英雄チェ・ゲバラ、友のために死んだあの気高く立派な偉人の思い出にちなんで、チェと同様、紙幣には〝ジョー〟とだけ記すようにしましょう。しかし、肖像は多色刷りでなければなりません。少なくとも三色」

「ミスター・ファーンライト」と会長はいった。「ずいぶんきびしい条件ですな。あなたはじつに手強い。じっさい、チェを思い出しますよ。TVをごらんの数百万のみなさんも賛成するでしょう。みんなでジョー・ファーンライトとチェ・ゲバラのふたりに声援を送りましょう!」会長は用意してあった原稿を投げ捨てて、拍手しはじめた。「みなさんからの声援を。国家の新たな英雄、意思堅固なこの人物は、長い年月をかけて努力を――」

アラームが鳴り、ジョーは目を覚ました。

ああくそ。心の中で毒づき、ふらふらの状態で体を起こした。なんの夢だっけ？　金？　夢の記憶はもうおぼろげになっていた。「金をつくった」目をしばたたき、声に出していう。「いや、違う、印刷したんだ」どうだっていい、どうせ夢なんだから。政府による、現実の埋め合わせ。毎晩毎晩。起きているよりひどいくらいだ。

いや、それは違うな、と考え直した。起きているより悪いことなどありはしない。

ジョーは受話器をとって銀行の番号をダイヤルした。

「小麦トウモロコシ惑星間人民共同銀行です」

「三万五千クランブルは地球のドルでいくらになる？」

「シリウス第五惑星プラブク語のクランブルですか？」

「そう」

銀行サービスは、一瞬の沈黙のあと回答した。「二〇〇〇ドルになります」

「ほんとに？」

「わたしが嘘をつくとでも？」自動音声がいった。「あなたがどなたかも知らないんですよ」

「ほかにクランブルはあるかな？　つまり、シリウス第五惑星のほかに、〝クランブル〟という言葉を貨幣単位にしているような領地、文明、種族、宗教、社会が既知宇宙にあるだろうか？」

「数千年前に消滅したことが明らかになっているクランブルが――」

「いや、このクランブルは現役なんだ。ありがとう」ジョーは電話を切った。ガンガン耳鳴りがする。ばかでかい鐘を無数に集めた巨大な講堂に迷い込んだような気分。これが神秘体験というやつか。

玄関ドアが開き、市民静穏局《QCA》の捜査官が二名、部屋に入ってきた。歩きながら、鋭く冷たい視線で室内のすべてを観察している。

「QCAのハイムズとパーキンです」ひとりが身分証明バッジをちらっと見せた。「あなたは壺なおし《ポット・ヒーラー》ですね、ファーンライトさん？　退役軍人でもある？　相違ありませんな？　ああ、たしかに相違ない」男は自分の質問に自分で答えた。「一日あたりの収入はいかほどですか？　失業手当と、仕事と称するものから得る金額を合わせて」

もうひとりのQCA捜査官がバスルームのドアを押し開けた。「おもしろいものがあるぞ。トイレのタンクの蓋がはずれてて、硬貨を入れた袋が中に吊るしてある。クォーターが八十枚というところか。倹約家なんだね、ファーンライトさん」男は居間にもどってきた。「何年くらい――」

「二年ですよ」とジョーはいった。「法に反してはいません。前もってミスター弁護士《アトーニー》に確かめたんだから」

「三万五千プラブキアン・クランブルの件は、いったいどういうことです?」

ジョーはためらった。

QCA捜査官を前にしてこういう態度をとるのは、べつだん珍しいことではない。彼らは、グレイと茶の上質な生地で仕立てたお洒落な高級スーツをまとい、それぞれブリーフケースを提げている。どこに出しても恥ずかしくない立派なビジネスマン——成功し、地位が高く、自分で決断をくだせる。与えられた命令を疑似ロボットのように実行するしか能のないただの小役人とはわけが違う……それでも、ふたりにはどこか非人間的な印象があった。その理由は、これと名指しできない。いや、いまわかった。そうだ。QCA捜査官がご婦人のためにドアを押さえておいてやる姿はだれも想像できない。つまり、そういうこと。ぼくが抱いた印象はそれで説明がつく。ささいなことだが、それがQCA全体の冷酷な性質を体現しているような気がした。ドアを押さえるな、エレベーターの中で帽子をとるな。博愛の精神は彼らには適用されないし、社会通念上のそういうルールにはしたがわない。けっして。しかし、ひげはじつにきれいに剃っている。なんと身ぎれいにしていることか。

妙なもんだな、とジョーは思った。こんなふうに考えることで、とうとう彼らを理解できた気になれるとは。でも、そのとおりだ。たぶん、象徴的な意味で。それでも、理解は理解。この感覚はずっと忘れないだろう。

「メッセージを受けとったんですよ」とジョーはいった。「見せましょう」ジョーは水洗トイレのタンクの中にぷかぷか浮いていたプラスチック容器の中身を手渡した。

「書いたのはだれ？」QCAの一方が詰問した。

「見当もつきません」とジョー。

「冗談のつもりか？」

「冗談のつもりというのは、そのメッセージのこと？　それとも、見当もつかないというぼくの返事を指して――」ジョーは言葉を切った。QCA捜査官の片方がティープ・ロッドをとりだしたからだ。警察の尋問にさいし、相手の思考を探知し、記録する装置。「ほんとうですって。それを使えばすぐわかりますよ」

細い杖のようなロッドがジョーの頭上で数分間静止した。だれも口をきかない。やがて、捜査官はロッドをもとどおりポケットにしまい、耳にイヤフォンをさして、ジョーの思考を記録したテープを再生し、熱心に耳を傾けた。

「彼のいうとおりだ」男は、ブリーフケースの中に入っている再生装置をとめて、「彼はこのメッセージについてなにも知らない。だれが、なんのためによこしたのかも。失礼しました、ファーンライトさん。当然ご存じでしょうが、われわれはすべての通話をモニターしています。この一件がわれわれの注意を引いたのは――たぶん同意していただけるでしょうが――話に出た金額があまりにも大きかったからです」

相棒の捜査官が口を開き、「この件に関しては、今後、一日に一度、こちらに報告していただきたい」男はジョーに名刺を手渡した。「その番号にかけてください。特定のだれかを呼び出す必要はない。電話に出た者に、状況の変化を伝えてくれればいい」

最初のQCA捜査官がいった。「三万五千プラブキアン・クランブルも稼げる合法的な仕事なんてあるわけがないでしょう、ファーンライトさん。非合法に決まっている。われわれはそう考えています」

「ひょっとしたら、シリウス第五惑星には壊れた壺がごろごろしているのかも」

「なかなかのユーモア感覚ですな」捜査官は皮肉っぽく応じると、相棒に向かってうなずいた。ふたりはドアを開け、部屋を出た。背後でドアが閉じる。

「ものすごくでかい壺かもしれない」ジョーは声を張り上げた。「惑星サイズの壺に五十層の釉薬がかけられて――」口をつぐんだ。どのみち、もう聞こえないだろう。プラブク史上もっとも偉大なグラフィック・アーティストによるオリジナル・デザインの装飾がほどこされているのかも――と心の中でつけくわえる。問題の壺は、その天才の作品のうち唯一現存するもので、惑星住民の崇拝の対象となっていたが、地震で壊れてしまった。かくして、プラブク文明全体が崩壊した、などなど。

プラブク文明か。ふむ。シリウス第五惑星の文明はどの程度まで発達したんだろう？こいつはいい質問だ。

ジョーは電話まで歩いて百科事典の番号を回した。

「こんばんは」自動音声が応答した。「どんな情報をお求めですか、お客さま？」

「シリウス第五惑星における社会の発達史を手短に知りたい」

十秒もしないうちに人工音声は回答した。「シリウス第五惑星の文明は起源が古く、かつては栄華を誇りました。現在の支配種はグリマングと呼ばれています。この謎めいた巨大な存在は、惑星土着の生物ではありません。太古の昔、この惑星は〈霧もどき〉と呼ばれる種属に支配されていましたが、霧もどきが去ったあとは、ウーブ、ワージュ、クレイク、トローブ、フクセイなどの弱小種属が残されました。数世紀前にやってきて、その彼らにとってかわったのがグリマングです」

「グリマングというその――個体だか種属だかは、万能の存在なのか？」

「グリマングの力は」と百科事典の人工音声が答えた。「ある一冊の特異な書物に短く要約して記述されています。おそらくは実在しないその本には、過去、現在、未来のありとあらゆることが記録されていると伝えられています」

「その本の出所は？」

「お客さまの割り当て分の情報量を超過しました」機械音声がいって、回線がカチリと切断された。

ジョーは三分きっかり待ってから、同じ番号をダイヤルした。

「こんばんは」自動音声が応答した。「どんな情報をお求めですか、お客さま?」

「シリウス第五惑星にある本のことだ。伝えられるところによると、その本には、過去、現在、未来のすべてが——」

「おや、先ほどのお客さまですね。もうその手は通じませんよ。声紋を記録しましたから」回線が切れた。

そうだった、とジョーは悟った。新聞で読んだ記憶がある。さっきのぼくみたいに、だれもが無制限に情報を引き出そうとすると、政府にとってコストがかかりすぎる。莫迦だった。二十四時間待たなければ、無料の情報はもう得られない。もちろん、民間企業のブース、最寄りのミスター・エンサイクロペディアに行って問い合わせることはできる。だが、そんなことをしたら、石綿袋に貯えておいたコインをすっかり使い果たしてしまう。政府は、ミスター・アトーニーやミスター・エンサイクロペディア、ミスター・ジョブなどの非国有企業に営業認可を与えたとき、料金を極端に高額にするように手を打ったのだ。まんまとしてやられた。ジョー・ファーンライトは心の中でいった。いつもそうだ。

この社会は、政府にとって完璧に設計されている。結局は、だれもがしてやられるんだ。

3

翌朝、仕事場の小房《キユービクル》に着くと、二通目の速達がジョーを待っていた。

プラウマンズ・プラネットへ向かえ、ミスター・ファーンライト。きみはそこで必要とされている。そこでなら、きみの人生は意味を持つ。きみがつくりだす永遠の営為は、わたしやきみよりも長く残るだろう。

干し草の星《プラウマンズ・プラネット》か。なんとなく聞き覚えがある名前だが、はっきりしない。半分うわのそらで百科事典の番号を回した。

「プラウマンズ・プラネットとは――」と切り出したところで、人工音声にさえぎられた。

「あと十二時間お待ちください。さようなら」

「ひとつ訊くだけでもか?」ジョーはむっとしていった。「シリウス第五惑星とプラウマンズ――」カチリ。自動応答サービスが回線を切断した。くそったれ。自動応答サービスも、コンピュータも、みんなくそったれだ。

だれに訊けばいい？　プラウマンズ・プラネットがシリウス第五惑星のことかどうか、即答してくれそうな知り合いは？　ケイトだ。ケイトなら知っているだろう。

しかし、ケイトのオフィスの番号をダイヤルしかけて思い直した。もしプラウマンズ・プラネットに移住することになるとしたら、ケイトには知られたくない。足跡をたどられて、扶養手当の未払い分を請求される。

ジョーは差し出し人の署名がないメッセージをもういちど手にとって調べてみた。すると、浸み込むようにすこしずつ、それに関する認識が精神に浸透し、意識にのぼってきた。紙片には半可視インクでほかにも言葉が書いてある。ルーン文字？　ジョーは一種の邪悪な、動物的スリルを感じた。慎重に隠されていた獣道を発見したかのような興奮。

スミスの番号をダイヤルした。「半可視インクで書かれた手紙が届いたら、きみだったらどうやって読めるようにする？」

「熱源にかざすね」

「どうして？」

「たいていミルクで書かれているからさ。ミルクで書いたものは、熱源にかざすと黒くなる」

「ルーン文字をミルクで書くって？」ジョーは怒ったようにいった。

「統計的にいって——」

「考えられないよ。とても考えられないよ。ミルクで書いたルーン文字か」ジョーは頭を振った。「ともかく、ルーン文字にどんな統計がある？　ばかばかしい」ジョーはライターをとりだし、紙片の下に火をかざして焙ってみた。たちまち、黒い文字が浮かび上がる。

われわれはヘルズカラを引き揚げる。

「なんて書いてあった？」スミスが訊いた。

「スミス、この二十四時間以内に百科事典を使ったか？」

「いや」

「だったら頼まれてほしい。電話して、プラウマンズ・プラネットがシリウス第五惑星の別名かどうか訊いてくれ。それと、ヘルズカラとはなんなのかも」そっちは自分で辞書サービスにたずねてみてもいい、とジョーは思った。

「やれやれ、まったくでたらめだな」と声に出してひとりごとをいった。「こんな商談のやりかたがあるもんか」吐き気をともなう恐怖に襲われた。こんなやり口は気に入らない。効果的でも、おもしろくもない。たんに妙なだけ。それにこの件も、ＱＣＡに報告しなければならない。またあの連中に囲まれる。たぶん、いまごろはもう、ぼくのファイルができているだろう――かまうもんか、どうせ生まれたときからファイルはある。そのファイルに新しい項目が加わるだけ。ファイルに新しく加わるのは、つねによくないこと。市民ならだれでも知っている。

ヘルズカラか。奇妙な響きだが、印象的な言葉だ。心に訴えるものがある。いまの生活とは対極にあるもののような気がした。キュービクル、電話、果てしない人混みを抜けて徒歩で出勤すること。〈ゲーム〉に興じながら、退役軍人手当をもらってのらくら空費する人生。本来、ぼくは向こうにいるべき人間なのに、まちがってここにいる。

「百科事典の答えを聞いたら、折り返してくれ、スミス」ジョーは電話に向かっていうと、接続を切り、ちょっと間を置いてから辞書サービスに電話をかけた。「ヘルズカラの意味は？」

辞書が――辞書の合成音声が――答えた。「ヘルズカラとは、かつてシリウス第五惑星の支配種属だった〈霧もどき〉が遺した古代の大聖堂です。何世紀も前に海中に没し、以来、一度も引き揚げられていませんが、大聖堂自体は無傷のままで、中には太古の神聖な人工物や遺物が遺されています」

「いま、百科事典に接続しているのか？　ずいぶん情報量が多いが」

「そのとおりです、お客さま。百科事典と接続しております」

「じゃあ、ほかにもなにか情報が？」

「これだけです」

「ありがとう」ジョー・ファーンライトはかすれた声でいうと、電話を切った。ようやく状況が見えてきた。個体名か種属名か不明だが——どうやら一体しかいないらしい——グリマングは、古代の大聖堂ヘルズカラを引き揚げようとしており、そのために、さまざまな分野の専門家を集めている。たとえば、ジョー・ファーンライト。専門は、陶器の修復。ヘルズカラの中には、いくつも壺があるんだろう——グリマングがジョーの協力を求めて接触し、大枚の報酬を申し出るくらいたくさん。

グリマングはすでに、二百の惑星から二百の才能をスカウトしているのかもしれない。ジョーはそう思い当たった。妙な手紙やらメッセージやらをもらったのはぼくだけじゃない。心の中に、巨大な大砲が発射される光景が浮かんだ。筒の中から数千の速達郵便がいっせいに飛び出し、銀河のあちこちに散らばる多種多様な知的生命体のもとへと向かう。

しかも、とジョーは思い出した。ぼくは当局に監視されている。銀行サービスに問い合わせたら、たちまちQCAの捜査官がやってきた。ゆうべのあのふたりは、メッセージの意味や、水洗トイレのタンクに浮かぶプラスチック容器入りの紙片の意味を先刻承知だった。その気なら、ぼくに教えてくれることもできたはず。だが、もちろん話すわけがない。そんな行動は、彼らにとってはあまりに人間的で、自然すぎる。

電話が鳴った。ジョーは受話器をとった。

「百科事典に問い合わせたぞ」画面に現われたスミスの顔がいう。「プラウマンズ・プラネットというのは宇宙船乗りの符牒で、シリウス第五惑星のことだそうだ。ついでだから、もっといろいろ訊いてみた。恩に着ろよ」

「もちろん」

「その惑星には、一体の老いた巨大な生物が住んでいる。どうも、衰弱しているらしい」

「病気なのか？」

「いや、なんというか……寄る年波というやつかな。ずっと休眠状態だったらしい」

「おそろしい相手なのか？」

「衰弱して休眠中なんだから、おそろしいわけがないだろう。耄碌《もうろく》している。そう、それがぴったりの言葉だ。耄碌している」

「そいつは、なにかしゃべったことがあるのか？」

「とくになにも」

「ほんのひとことも？」

「十年前、ほんの短いあいだ目を覚まして、気象観測衛星を要求した」

「代価はなにで支払ったんだ？」

「なにも。貧乏なんだよ。地球側が無償で提供した。気象観測衛星といっしょに、新型の衛星もひとつ」

「無一文で、耄碌していると」ジョーは落胆した。「ふむ。じゃあ、金はとれそうにないな」

「どうした？　告訴でもするのか？」

「面倒かけたな、スミス」

「待てよ！」スミスが叫んだ。「新しいゲームがある。やってみないか。新聞のアーカイブを漁って、いちばん妙な見出しをさがすんだ。本物の見出しだぜ、でっちあげじゃなく。ひとつ、いい例を見つけてある。一九六二年のだ。聞きたいか？」

「ああ」ジョーはまだ失望を抱えたまま答えた。浸み出した失望が全身に広がり、体がスポンジのようにふにゃふにゃになっている。それでも、うわのそらで機械的にいった。

「その見出しを聞かせてくれ」

「エルモ・プラスケット、ジャイアンツを沈める」とスミスがメモを読み上げた。

「そのエルモ・プラスケットって、いったいだれだ？」

「マイナーから上がってきて――」

「もう切らないと」ジョーは立ち上がり、「仕事場を出る時間だ」といって回線を切った。家に帰ろう。クォーターの袋をとりに。

4

巨大な動物のような存在が、歩道で息をあえがせている。それは、クリーヴランドの失業者および雇用不適格者たちの集団だった。寄り集まって立ち、ひたすら待ちつづけるうちにひとつに溶け合って、不安と悲しみのかたまりと化している。コインの袋を提げたジョー・ファーンライトは、人波を押し分け、彼らの集合的な横腹をこすりながら、角のミスター・ジョブのブースを目指して歩いていた。おなじみのすっぱいにおいが鼻をつく。失業者たちの存在のにおい、過熱すると同時に哀れなほど失望した巨大なかたまりのにおい。彼らの目が、自分たちを追い越して前進しようとするジョーの決意を、四方から静観している。

「失礼」ジョーはメキシコ人らしき細身の青年に声をかけた。よりによってジョーのすぐ前に、割り込むようなかたちで立っている。

青年は神経質に目をしばたたいたが、動かなかった。ジョーが手にした石綿の袋に、すでに気がついている。ジョーがなにを持ち、どこへ行ってなにをするつもりなのか、知っているのはまちがいない。

「通してください」とジョーはいった。脱出不能の袋小路にはまってしまった気分だった。背後は動こうとしない人間の壁にはばまれ、もどることも進むこともできない。次はきっと、この連中にクォーターをひったくられて、それでおしまいというわけか。高い山の頂上まで登ってきたみたいに心臓が痛んだ。人生の最後の頂き。頭蓋骨が散らばるおそろしい山。周囲に、ぽっかり空いた眼窩がいくつも見えた。視覚が奇妙に歪む。まるで、彼らの究極の本質が明白なかたちをとったかのようだった。まるで……もう待てない、いますぐよこせというように。

「硬貨を見せてくれませんか?」メキシコ系の若者がいった。

どうすればいいのかわからない。無数の目が——いやむしろ、無数のうつろな眼窩が——ぐるりと円を描いてジョーと石綿の袋を囲み、どんどん迫ってくる。自分が萎縮しているのに気づいて、ジョーは驚いた。なぜだ? 落胆し、気力が萎えてはいるが、うしろめたいところはない。これはぼくの金だ。彼らだってそれはわかっている。なのに、ぽっかり空いたうつろな目の群れが彼を縮こまらせた。ぼくがなにをしようと関係ないみたいだ。ミスター・ジョブのブースに行こうが行くまいが、ぼくがどうなろうが——この人たちにはなんの違いもない。

それでも、意識レベルでは、ジョーは気にしていなかった。彼らには彼らの人生があり、ぼくにはぼくの人生がある。そしてぼくの人生には、苦労して貯めた金属製のコインの袋が含まれている。ぼくをひきずり降ろし、この無気力の渦にひっぱりこむつもりなのか。こんなふうになってしまったのは彼らの問題であって、ぼくの問題じゃない。社会もろとも沈没する気はない。これは、ぼくのはじめての決断だ。特別配送されてきた二通のメッセージを無視し、クォーターの袋を持ってここまでやってきたこと。これがぼくの脱出の始まりだ。またなにかに隷従することはもうない。

「だめだ」ジョーはいった。

「とったりしませんから」若者がいった。

ジョー・ファーンライトは奇妙な衝動に突き動かされ、袋を開けてコインを一枚とりだすと、それをメキシコ系の若者にさしだした。彼が受けとると、四方八方から次々と手が伸びてきた。希望のないうつろな目がつくる輪が、てのひらを上にした手の輪に変わる。しかしそこに、ジョーをだしぬいてコインをかすめとろうとする貪欲さはなかった。どの手も、コインの袋をつかもうとはしなかった。ただじっと待っている。信頼に満ちた沈黙の中で、じっと待っている。ジョー自身が郵便シューターの前で待っていたときと同じように。なんてことだ、この連中は、ぼくからプレゼントを手渡されると思っている。彼らはいままでもずっとそうやって、世界がなにか与えてくれるのを待ちつづけてきた。彼らの人生で宇宙は生命以外なにひとつ与えてくれなかったのに、彼らはその事実を、いまと同じように黙って受け入れてきた。彼らはぼくのことを一種の超自然的な神と見なしている。だめだ、ここを離れなきゃ。ぼくは彼らになにもしてやれない。

しかし、そう考えているあいだにも、気がつくとジョーの手は袋の中を探り、それぞれのてのひらにクォーターを一枚ずつ落としていた。

頭上から、けたたましい警笛とともに、一台の警察車が巨大な蓋さながら降下してきた。つややかなまばゆい制服を着た二名の乗員は、きらめく暴動鎮圧用ヘルメットをかぶり、レーザー・ライフルを携えている。

「その男から離れろ」ふたりの警官のうち片方が群衆に向かっていった。

ジョーをとりまく輪が後退しはじめた。突き出されていた手が、無慈悲で無関心な闇に呑まれたかのように消えた。

「そんなふうに突っ立ってるんじゃない」もう一方が、警官特有の太い声でジョーに向かっていった。「さっさと行け。そのコインを持ってここを離れろ。でないと罰則を科して、コインが一枚も残らなくなるようにするぞ」

ジョーは歩き出した。

「いったいなんのつもりだ?」もう片方の警官がいった。警察車は、ジョーの頭上の位置を保持したままついてくる。「私財を投じてつくった慈善団体か?」

ジョーは無言で歩きつづけた。

「おまえには質問に答える法的義務がある」

石綿の袋に手をつっこみ、ジョーは一枚のクォーターをとりだした。近いほうの警官にそれを手渡しながら、袋の中にあと二、三枚しか残っていないことに気づいて驚いた。せっかく貯めたコインがなくなってしまった！　こうなったら、残る道はひとつ——郵便シューターがこの二日間で運んできたものだけ。いましがた自分がやった行為の結果、好むと好まざるとにかかわらず、そう決まってしまった。

「このコインをなぜ渡してよこした？」警官がたずねた。

「チップだよ」と答えると同時に、頭が爆発したような衝撃に見舞われた。失神レベルに設定されたレーザー光線が、ジョーの眉間を正確に射抜いたのである。

次に気がつくと、ジョーは警察署にいた。しわひとつない洒落た制服に身を包んだ金髪碧眼《へきがん》のスマートな若い警官が話しかけてきた。「告発はしませんよ、ミスター・ファーンライト。法的には、人民に対する罪で有罪だけど」

背中をまるめて腰を下ろしたジョーは、痛みを追い払おうとひたいをこすりながら、「人民じゃなくて国家に対する罪だろう」と、どうにか言葉を発した。目を閉じると、レーザー光線が命中した眉間から痛みが全身に広がってゆく。

「その発言自体、告発可能な重罪ですよ」と警官はいった。「労働者階級の敵として、政治管理局に引き渡すことだってできる。人民および人民のしもべたるわれわれに敵対する世論を喚起する謀議に加担したという容疑で。しかし、これまでのあなたの記録にかんがみて不問にしましょう」彼は職業的な徹底ぶりでジョーを観察した。「そもそも、正気の人間なら、あかの他人にコインを配りはじめたりしない」警官は、デスクのスロットから出てきて自動的に展開された書類をたしかめながら、「明らかに、あなたは思慮に欠けた行動をとった」

「はい、思慮に欠けていました」ジョーの中にはなんの感情もなかった。あるのはただ、肉体的な不快感だけ。鋭い痛みがいまも大きくなりつづけている。その痛みが、どんな感情よりも、どんな思考よりも上に立っていた。

「ただし、残る硬貨は押収します。少なくとも、当分のあいだは。それと、今後一年間の保護観察に付されるので、週に一度出頭して行動を報告することが義務づけられます」

「裁判もなしに?」

「裁判にかけられたいと?」警官が鋭い視線を向けた。

「いいえ」ジョーはなおもひたいをこすりながら考えた。どうやら、QCAの情報はまだ警察のコンピュータに共有されていないらしい。しかし、いずれはそうなる。当局はすべてを総合して、ジョーという人間を判断するだろう。警官にチップを渡したこと、トイレのタンクからメモを見つけたこと。狂人だ。やることがなにもない日がつづいて、頭がおかしくなってしまった。この七カ月のせいで、すっかり廃人になった。そしていま、ついに決心し、貯めたコインを持ってミスター・ジョブのところへ行こうとしたら——果たせなかった。

「ちょっと待った」べつの警官が声をかけてきた。「その男の件で、QCAから新しい情報があるぞ。中央コンピュータ・バンクからいま入ってきたばかりだ」

くるっときびすを返し、ジョーは警察署の玄関めがけて駆け出した。外の人波に向かって。その中に呑まれようとするみたいに。有限部分であることにピリオドを打つように。

ふたりの警官が行く手に現われ、こちらに突進してきた。ビデオの再生速度を上げたみたいに、不自然な速さで迫ってくる。

そのときとつぜん、まわりは水中になっていた。細長い銀色の魚のような警官たちがぱっくり口を開け、ジョーを見ながらすいすい動いている——珊瑚と海草のあいだを！　なのにジョーはなにも感じない。水さえも。しかし、警察署はたしかに水槽に変わり、備品類は海に沈んだ残骸のように半ば砂に埋もれている。警官たちは滑るような動きできらきら輝きながら身をくねらせ、まわりをびゅんびゅん行き来している。しかし彼らはジョーに触れられない。ジョーは真ん中に立っているにもかかわらず、そこは水槽の中ではないからだ。音は聞こえない。警官たちは口を動かしているのに、ジョーの耳に届くのは沈黙だけ。

一匹のイカが目の前をふわふわゆらゆらと通り過ぎてゆく。まるで海の魂のようだ。とつぜん、すべてを消し去ろうとするように、イカが漆黒の雲を吐き出した。もう警官たちの姿は見えない。暗闇がひとりでに増殖して周囲のパノラマを包み、まだ足りないというようにさらに濃くなってゆく。でも、息はできる。「おーい」とジョーは声を張り上げた――自分の声が聞こえる。ということは、彼らと違って、ぼくは水中にいるわけじゃない。自分がどういう存在なのかわかる。ひとりだけ切り離された、独立した存在。でも、どうして?

動いてみたらどうだろう。一歩踏み出してみた。それからもう一歩。ごつんと音がした。壁のような面にはね返された。反対側はどうだろう。向きを変え、今度は右へ一歩。ごつん。パニックにかられた。棺桶みたいな箱の中に閉じ込められている! 殺されたのか? 警察署の玄関口に向かって走り出したあのとき。両手を前に伸ばし、闇を手探りして……右手がなにかに触れた。小さくて、四角い。円盤型の突起が二個ついている。

トランジスタ・ラジオだ。

スイッチを入れた。

「やあ、みんな!」かん高い陽気な声が闇に響いた。「こちらは浮かれケアリー・カーンズ。いま目の前には六台の電話が並んで、二十台の交換器が待機中だ。さあ、じゃんじゃん声を聞かせておくれ。相談したいこと、聞いてほしい話、なんでもいい。番号は394-950-91111。どんなことでもかまわない。いいこと、悪いこと、つまらないこと、おもしろいこと、むかつくこと、思いのままになんでもどうぞ。394-950-91111のカヴォーティング・ケアリー・カーンズまでお電話を。そしたら、みんなと分かち合いたい話や意見や知識がリスナー全員に伝わるぞ」ラジオのスピーカーから電話のベルが聞こえてきた。「もしもし？ もう電話が入ったぞ」カヴォーティング・ケアリー・カーンズがいう。「はいどうも、ご主人。じゃなくて奥さん」

「ミスター・カーンズ」キンキン声の女性がいった。「フルトン通りとクローバー通りの交差点には信号が必要だわ。通学する子どもたちが毎日おおぜい通るのに、わたしが見ていると――」

ジョーの左手になにかずっしりした堅いものがぶつかった。つかんでみると、電話だった。

その場に腰を下ろし、電話とラジオを前に置くと、ジョーはライターをとりだして、ブタンガスの火をつけた。炎がつくる光の輪は小さいが、電話とラジオはその中に入っている。ゼニス製のトランジスタ・ラジオ。サイズからして、きっと高級品だろう。

「いいかい、みんな」カヴォーティング・ケアリー・カーンズが陽気にいう。「394-950-91111だ。この番号でおれにつながり、おれを通じて全世界の――」

ジョーはその番号をまわしはじめた。苦労して、なんとかすべての番号をダイヤルすることができた。受話器を耳にあて、しばらく話し中の信号音に耳を傾けたが、やがて、受話器とラジオの双方から、カヴォーティング・ケアリー・カーンズの声が聞こえてきた。

「はいどうも、ご主人。それとも奥さん？」

「ここはどこだ？」とジョーは電話に向かっていった。

「やあ、どうも！」とカーンズ。「迷子になったかわいそうな人がいるみたいだぞ。お名前は？」

「ジョゼフ・ファーンライト」

「どうも、ミスター・ファーンライト。お話しできて光栄です。で、ご質問は、自分がいまいる場所はどこか、と。リスナーのだれか、ミスター・ファーンライトの居場所を知らないかな？　いま現在、ミスター・ファーンライトはクリーヴランドの——クリーヴランドですよね、ファーンライトさん？——どこにいるのか、だれかご存じのかた？　ご本人にとっては重大な問題だ。回線を開けておくから、ミスター・ファーンライトがいまどのあたりにいるかについて、なにか情報なり考えがある人は連絡してくれ。だからそれ以外の人、彼の居場所についてなんの情報もない人は、ミスター・ファーンライトの居場所が判明するまで電話を遠慮してくれ。ファーンライトさん、そう長くはかかりませんよ。こっちには一千万人のリスナーと五万ワットの送信設備がついてるんだから——」リリリリという呼び出し音が小さく響く。「おっと！　電話だ。はいはい、お名前は？」

ラジオとジョーの電話の両方から男の声が聞こえた。「プレザント・ヒル・ロード30

1のドワイト・L・グリマングだ。ミスター・ファーンライトの居場所はわかるよ。うちの地下室だ。ボイラーの右手うしろ。去年、人民シアーズで注文したエアコンが入っていた木箱の中にいる」

「聞いたかい、ファーンライトさん？」カヴォーティング・ケアリー・カーンズが喚声をあげた。「あなたの居場所は、プレザント・ヒル・ロード301のミスター・ドワイト——ええと、名字はなんでしたっけ？」

「グリマング」

「プレザント・ヒル・ロード301のミスター・ドワイト・L・グリマングのお宅の地下室にある木箱の中だ。ファーンライトさん、問題はこれで解決。あとは木箱から出るだけでOKだ！」

「しかし、箱は壊してほしくない」ドワイト・L・グリマングがいった。「わたしが地下に降りて、木箱の板を二、三枚はずして出してやるほうがよさそうだ」

「ファーンライトさん」とカーンズがいった。「あとひとつだけ、リスナーの後学のために教えてもらえるかな。どうしてまた、プレザント・ヒル・ロード301のミスター・ドワイト・L・グリマング宅の地下室にあるからっぽの木箱に入ることになったのか。みんなも知りたいと思うから」

「わからない」

「ほほう。だったら、たぶんミスター・グリマングが——グリマングさん？　ありゃ、どうも電話を切ったみたいだ。ミスター・ファーンライトの救出に、地下室へ向かったんだろうな。ミスター・グリマングがこの番組を聞いてくれててラッキーだったね。でなきゃ、最後の審判までその箱の中で過ごす羽目になってたよ。さて、では、次のかた。もしもし？」ジョーの耳の中でカチリと音をたてて回線が切れた。

物音。まわりから聞こえてくる。きしむようなノイズとともに、幅の広い板が外向きにそり返った。光が箱の中にどっとあふれ、ライター、電話、ラジオとともにすわるジョー・ファーンライトを照らした。

「わたしに可能なかぎりベストのやりかたで、きみを警察署から連れ出したんだよ」ラジオで聞いたのと同じ男の声がいった。

「妙なやりかただね」とジョーはいった。

「きみにはこれが妙に思えるだろうが、わたしには、きみの存在に初めて気づいて以来のきみのさまざまな行動のほうがよほど妙だ」

「コインをばらまいたこととか？」

「いや、あれは理解できる。わたしが妙だと思ったのは、何カ月ものあいだ、仕事場の小房にこもって待ちつづけていたことだよ」二枚目の板がはがれ、光がさらに射し込んで、ジョーは目をしばたたいた。グリマングを見ようとしたが、まだ見えない。「最寄りの博物館にこっそり忍び込んで、所蔵品の壺をかたっぱしから壊してしまえばいいじゃないか。そうすれば仕事ができる。壊れた壺は新品同様に修復されるから、失われるものはなにもないし、その間きみは無聊《ぶりょう》をかこつ日々におさらばできる」板の最後の一枚が剝がれ、ジョー・ファーンライトはいっぱいの光のもと、シリウス第五惑星の生物、老齢で一文なしだと百科事典が記述する生命体を見た。

ジョーが目にしたのは、水平軸のまわりを縦に回転する水の輪と、その中で水平に回転する炎の輪だった。ふたつの輪のうしろでは、ひだのあるショールが波打つように揺れている。驚いたことに、生地はペイズリー柄だった。

それともうひとつ。ぐるぐる回転する炎の輪と水の輪の中心に、ひとつの映像が浮かんでいた。こちらに向かって微笑む、茶色の髪をした、かわいらしくて感じのいい十代の少女の顔……どこにでもいるような、しじゅう目にするけれど、すぐ忘れてしまうような顔。モンタージュ映像だ、とジョーは思った。色チョークを使って歩道に描くような顔。ありきたりの、あまり印象に残らない顔立ち。どうやらグリマングが彼と会うために用意したものらしい。しかし、水の輪とは……。宇宙の基盤だろうか。炎の輪も同じ。どちらも休みなく、完璧に制御された速度で回転している。永遠に運動しつづける永久機関。ただし、ペイズリー柄のぺらぺらのショールと、未成熟の女性の顔はべつだ。ジョーは当惑した。これらすべてが意味するものは？　力？　老衰の気配がないのはたしかだ。それでも、子どもっぽい顔立ちにもかかわらず、少女の顔には、非常に年老いているという印象があった。財政状態については、現時点では評価しようがない。もし見積もれるとしても、もっと先のことになるだろう。

「この家は七年前に買った」グリマングが——すくなくとも、だれかの声が——いった。

「まだ買い手市場だったころに」

声の出所をさがしてあたりを見まわしたジョーは、妙なものに気づいてぞっとした。グリマングさながら、炎と水が体の中で混じり合ったような気分になる。

声は、古い手回し式の蓄音機《ヴィクトローラ》から聞こえている。ターンテーブルのレコードが異常な速度で回転している。

グリマングの声は、そのレコードに録音されている。

「うん、たしかに。七年前なら、買いどきだ」とジョーはいった。「人材をスカウトする活動はこの家で？」

「この家でも活動しているし」古いヴィクトローラから流れるグリマングの声が答えた。

「ほかにもたくさんの場所で……たくさんの星系で活動している。さて、いまのきみが置かれている立場について説明しよう、ジョー・ファーンライト。警察に関していうと、きみはただ、きびすを返して建物をあとにした。そしてその時点では、警察はなんらかの理由できみを止めることができなかった。しかし、すでに指名手配されているから、居室にも小房にもどることはできない」

「警察に捕まる覚悟がないかぎり」

「捕まりたいのかね?」

「捕まるしかないのかも」ジョーは冷静にいった。

「ばかばかしい。きみたちの警察は獰猛で邪悪だ。きみには、ヘルズカラを見てほしい。海に沈む前の状態のヘルズカラを。きみはあああああ」蓄音機のぜんまいがほどけた。ジョーは、手回しクランクをまわしてもう一度ぜんまいを巻いた。いろんな感情がないまぜになっている。とはいえ、それぞれがどんな感情なのかと訊かれても、たぶん答えられないだろう。

「右側のテーブルの上に、閲覧器具がある」とグリマングがいった。レコードは本来のスピードで再生されている。「この深度探知装置は、もともときみの惑星でつくられたものだ」

テーブルの上を見ると、おそらく一九〇〇年ごろのものと思われるアンティークの立体鏡が、中に入れる白黒のカードひとセットといっしょに置かれていた。「もっと進んだものが調達できなかったのか?」とジョーはたずねた。「フィルムとか、立体ビデオとか。この立体鏡は、自動車より古い発明じゃないか」といってから思い当たった。「そうか、文なしなんだな。スミスのいったとおりだ」

「それは誹謗中傷にあたる」とグリマング。「大の倹約家というだけのことだよ。わたしの階層に代々伝わる特徴だ。きみたちが社会主義社会の産物として、大量浪費に慣れているのと同様だ。しかしながら、それでもわたしは、自由企業プランを支持している。一ペニーの節約は——（「一ペニーの稼ぎ」と続く。「塵も積もれば山となる」を意味することわざ）」

「勘弁してくれ」とジョーはいった。

「黙らせたければ、雲母製円盤再生装置の針をレコードから持ち上げるだけでいい」

「レコードの再生が終わったらどうなる？」

「終わりはない」

「じゃあ、本物のレコードじゃないんだな」

「本物だよ。溝がループしている」

「ほんとうはどんな姿なんだ？」

「きみのほんとうの姿は？」

ジョーはいらだちながら、身振りを交えていった。「それは、カントにならって〝物自体〟から、もしくはライプニッツのいう窓がないモナドから、現象を分離することを受け入れるかどうか次第で——」

ジョーは口をつぐんだ。蓄音機のぜんまいがまたほどけ切り、レコードの回転が止まっている。クランクをまわしながら、ジョーは思った。グリマングはたぶん、ぼくがいったことをなにも聞いていない。それも、おそらくはわざと。

「きみの哲学談義を聞きそこねた」レコードがまわりはじめると、蓄音機がいった。

「要するに、現象は、知覚者の知覚システムの中で知覚されるということだよ。ぼくを知覚するときにあんたが見るものの大部分は」ジョーは強調するように自身を指さし、「自分の精神の投影なんだ。他の知覚システム、たとえば警察には、ぼくはぜんぜん違う姿に見える。知覚力を持つ生物の数だけ世界観が存在する」

「ふむ」とグリマング。

「いってることはわかるだろ」

「ミスター・ファーンライト、ほんとうはなにが望みなんだね？　きみが道を選ぶべきときが、行動すべきときが来た。偉大なる歴史的瞬間に参加するか——しないか。いまこの瞬間、わたしは千の違う場所で、ありとあらゆる種類の技術者や職人と交渉したり、交渉に手を貸したりしている……きみは多数の職人のひとりでしかない。これ以上長くは返事を待てない」

「その計画に、ぼくは不可欠なのか？」

「壺なおしの存在は欠かせない。きみでなければ、ほかのだれか」

「三万五千クランブルはいつもらえる？　前金か？」

「報酬の支払いはああああああ」とグリマングがいいかけたところで、古いヴィクトローラのぜんまいがまたほどけ、レコードの回転がゆっくり静止した。

またか。ずるがしこいクソ野郎め。心の中で悪態をつきながら、ジョーはクランクをまわした。

「大聖堂が数世紀前そのままの状態で引き揚げられた場合にのみ、その時点で支払われる」

やっぱりだ。

「さあ。プラウマンズ・プラネットに行く気はあるかね？」

ジョーはしばらく考え込んだ。心の中で、自分の居室と、作業用の小房と、なくなったコインと、警察のことを考えた――そのすべてを勘案し、結論を出そうとした。ぼくをここに縛りつけているものは？　なじみ深さ。慣れ親しんでいること。人間、どんなことにだっていずれは慣れる。学習して好きになることさえできる。パブロフの条件反射理論は正しい。ぼくは習慣に縛られている。ただそれだけだ。

「ほんの二、三クランブルでも、前金でもらえないか？」ジョーはグリマングにかけあった。「カシミヤのスポーツジャケットと、ウォッシュ・アンド・ウェアの新しい靴を買いたい」

蓄音機がばらばらになった。破片が雨のように降り注ぎ、ジョーの腕や顔を叩く。たおやかな少女の顔貌が消え失せ、水と炎の輪の中心部に、巨大な怒り狂う歪んだ顔が出現し、ぎらぎら輝く太陽のエネルギーでジョーをにらみつけた。その顔はジョーの知らない言語で罵倒してきた。

ジョーはグリマングの怒りにうろたえ、縮み上がった。いままでグリマングが使っていたイメージは雲散霧消した。ペイズリー柄のショールも、炎と水の輪も。地下室そのものにも亀裂が走り、廃墟のように崩れ落ちてゆく。セメントの破片がばらばらと床に落ち、床そのものも乾いた粘土のように割れはじめた。

なんてことだ。スミスによれば耄碌してるという話だったのに、とんでもない。崩壊した家の巨大なかけらがまわりに落ちてくる。配管の破片が頭にガツンとぶつかり、恐怖に満ちた千の歌を歌う千の声が耳の中で鳴り響いた。

「行くよ！」目を閉じ、両手で頭をかばいながら大声を張り上げた。「あんたのいうとおりだ。冗談にすることじゃない。悪かった。あんたにとってどんなに重大なことか、身に沁みたよ」

グリマングの手がジョーの腰をつかんで持ち上げ、まるめた新聞紙を握るようにぎゅっと握った。怒りに燃える熔鉱炉のような目が――ひとつきりの目が――一瞬だけ見えて、それから燃えさかる炎の勢いがやわらいだ。腰を締めつける力が、ほんの少しだけ弱くなる。でも、じゅうぶんだ。たぶん、肋骨にひびは入っていない。とはいえ、地球を発つ前に病院に行ったほうがよさそうだ。用心のために。

「これからきみを、クリーヴランド宇宙港のメインラウンジに転移させる」とグリマングがいった。「ポケットには、プラウマンズ・プラネット行きのチケットを買えるだけの現金が入っている。次の便に乗れ。荷物をとりに帰宅してはならない――警察が待ち受けているからな。これを渡しておく」グリマングはジョーの手になにかを押しつけた。光を反射してさまざまな色にきらめくもの。それらの色が溶け合ってひとつのかたちになったかと思えば、糸のように細く流れ出して新たな模様をつくる。そしてまた、それはジョーの心を激しく揺さぶった。

「陶片だ」とグリマング。

「大聖堂の中にある、割れた壺のかけら?」とジョーはいった。「どうしてすぐ見せてくれなかったんだ?」もっと早くこれを見ていたら……この存在を知っていたら、すぐさますっ飛んでいっただろうに。

「これでわかっただろう」とグリマングがいった。「きみがその才能をもって、なにを修復することになるか」

5

人間とは、気が狂った天使だ。ジョー・ファーンライトは思った。かつて、人間は――ひとり残らず――純粋な天使だった。そのころは、善か悪かを選ぶだけでよかった。天使でいることは簡単だった。それからなにかが起こった。なにかがおかしくなるか、壊れるか、しくじるかして、その結果、天使たちは、善か悪かではなく、ふたつの悪のうち、ましなほうを選ぶ必要性に直面した。その結果、彼らは錯乱し、いまでは人間になってしまった。

クリーヴランド宇宙港のエレガントなプラスチック製ベンチに腰かけて出発便を待ちながら、ジョーは不安と心細さを味わっていた。前途に待ち受けているのは、おそろしい仕事――なぜおそろしいかといえば、なまってしまった自分の腕に過大な要求を課すことになるからだ。ぼくは灰色の存在だ。灰色のホコリタケのように、風向きしだいでどこへでも転がりつづける。

力。存在することの力。その逆は、存在しないことの平和。どっちのほうが好ましいだろう。力はいつかかならず衰える。そう、たぶん、これが唯一の答えだ。力は――存在は――一時的なもの。平和は――存在しないことは――永遠につづく。それは、彼が生まれる前から存在していたし、死後にもまたいつか再生する。その中間にある力の期間は、ひとつの挿話でしかない。借りものの筋肉で一瞬、力こぶをつくるようなもの――肉体はいつか、真の所有者のもとにもどされる。

グリマングに出会わなければ、こんなことは考えもしなかっただろうし、こんな理解を得ることもなかった。しかしジョーは、グリマングの中に、ひとりでに更新されつづける永遠の力を目撃した。グリマングは恒星のように自分自身をエネルギー源にして、しかもそれが尽きることはない。そしてグリマングは、星のように美しい。グリマングは泉であり、草原であり、暮れゆく空の下にある、黄昏時の無人の街路だ。空が暮れ、黄昏が闇に変わっても、グリマングは輝きつづける。周囲のすべての人間、すべてのものに含まれている不純物を燃やしつくそうとするように。彼こそは、魂とその腐敗した部分を照らす光。魂の腐敗した部分、人生の望まれない記憶をその光で焼き尽くし、消滅させる。

宇宙港の待合室で、すわり心地の悪いプラスチック製のベンチに腰かけて、ジョーはロケット・エンジンが始動する音を聞いた。そちらのほうを向くと、大きな窓越しに、宇宙港ビルとその中のすべてを揺るがしながら離昇するＬＢ４が見えた。ＬＢ４はものの数秒で視界から消えた。あとにはなにも残らない。

静まりかえった沼地の向こうを眺めているようなものだ、とジョーは思った。するとその沼から、謎めいて荒々しい、巨大な乗りものの音がはじける。

ジョーは立ち上がり、待合室を横切って司祭《パードレ》ブースへ向かった。中に入って腰を下ろし、投入口へ十セント貨《ダイム》を一枚入れて、でたらめにダイヤルをまわした。矢印は〝禅〟を指して止まった。

「悩みを話してください」パードレが共感に満ちた年長者らしい声でいった。せかすことも威圧することもない、時間を超越したようなゆっくりした口調。

「この七カ月、ずっと働いてなかったんですが、ようやく入った仕事で太陽系を遠く離れることになり、不安です。もしこの仕事にしくじったら？　七カ月のあいだに腕がなまっていたら？」

パードレのたゆたう声が安心させるように返ってきた。「あなたは働かないことで働いていた。働かずにいることはもっともつらい仕事なのですから」

禅にダイヤルを合わせた結果がこれか。パードレがそれ以上なにもいわないうちに、〝ピューリタンの労働倫理〟にダイヤルを切り換えた。

「仕事がなければ」さっきよりいくぶん力強い声でパードレがいった。「人間は無。存在しなくなる」

ジョーは急いでローマ・カトリックにダイヤルを合わせた。

「神と神の愛があなたを受け入れるでしょう」パードレは遠くから聞こえてくるような穏やかな声でいった。「神の腕の中で、あなたは安全です。神はけっして――」

ダイヤルをアラーに合わせる。

「なんじの敵を殺せ」とパードレがいった。

「敵なんかいない」ジョーはいった。「ぼく自身の倦怠感と、失敗するんじゃないかという不安だけ」

「それが敵だ」とパードレ。「聖戦《ジハード》によってそれを克服せねばならぬ。自分が一人前の男、真の男であることを証明しなければならぬ。最後まで闘い抜くのが戦士だ」パードレの口調は厳しかった。

ジョーはユダヤ教に合わせた。

「火星オオミミズのスープ一杯で――」とパードレが安心させるようにしゃべりだしたが、ジョーの十セントはそこで尽きた。パードレは口を閉じ、死んだように不活発になった――もしくは休眠状態に入った。

火星オオミミズのスープか。あらゆる料理の中で、もっとも栄養価が高い。これがいちばん価値のある助言かもしれないな、とジョーは思った。宇宙港のレストランに行ってみよう。

レストランでスツールに腰かけると、ジョーはメニューを手にとった。

「煙草を喫ってもよろしいかな？」と隣席の男が声をかけた。

ジョーはぎょっとした。「まさか。公共の場所での喫煙は禁止されてますよ。とくに宇宙港では」動揺したまま男のほうを向き、言葉を継ごうとしたそのとき、相手がだれなのかに気づいた。

となりにすわっていたのは、人間形態のグリマングだった。

「きみをそんなに悩ませるつもりは毛頭なかった」とグリマングはいった。「きみの仕事ぶりはすばらしい。そういっただろう。きみを選んだのは、地球でいちばんの壺なおしだと思ったからだ。そのことも前に伝えたはずだ。パードレの助言は正しい。きみはなにか腹に入れて気持ちを落ち着かせる必要がある。わたしが注文してやろう」

そういって、グリマングは料理給仕ロボットメカニズムに向かってうなずきかけた――堂々と煙草を喫いながら。

「給仕ロボットには煙草が見えない？」

「ああ。それにどうやら、わたしの姿も見えないらしい」グリマングはジョーのほうを向いて、「自分で注文したまえ」

火星オオミミズのスープをたいらげ、カフェイン抜きのコーヒー（カフェインは法律により禁じられている）を飲んだあと、ジョーは切り出した。「ぼくの気持ちなんかきっとわからないよ。あなたみたいな存在は――」

「わたしはなにみたいな存在なんだね？」とグリマング。

「知らないと？」

「どんな生きものも、自分自身のことは知らない。きみはきみ自身のことを知らない。きみ自身のもっとも基本的な潜在能力について、まったくわかっていない。この引き揚げがきみにとってなにを意味するかわかるかね？　きみの中で眠っていたもの、潜んでいたものすべてが現われる。銀河のあちこちに散らばる百の星々から集められてこの引き揚げに関わることになるすべての存在に同じことが起きる。ジョー・ファーンライト、いままでのきみはそうではなかった。ただ存在していただけ。生きることは、成すこと。そしてわれわれは大きなことを成す」グリマングの声は鋼のように響いた。

「ぼくの疑念を払拭するためにきたんですか？」「宇宙港にいるのはそのため？　最後の瞬間に思い直して、やっぱりやめたといいださないようにするため？」そんなことはありえない。ぼくはそんな重要人物じゃない。十五の惑星に広がるグリマングが、クリーヴランドの痩せこけた壺なおしひとりの自信を回復させるためにわざわざ降臨したりするものか。やるべきことは山ほどある。もっと重大な問題が。

「これは〝重大な問題〟だ」とグリマングはいった。

「どうして？」

「なぜなら、瑣末な問題など存在しないからだ。命に大小がないのと同じこと。虫の命、たとえば蜘蛛一匹の命は、きみの命と同じ大きさだし、きみの命はわたしの命とおなじ大きさだ。命は命。生きたいという思いの強さはきみもわたしも変わらない。きみは、来る日も来る日も、生きるために必要なものを待ちつづけて、地獄の七カ月を過ごした。蜘蛛が獲物を待ちつづけるように。蜘蛛のことを考えてみたまえ、ジョー・ファーンライト。蜘蛛は巣をつくる。それから巣の端に小さな絹の洞窟をつくり、そこに身を潜める。巣のあらゆる場所につながる糸を握り、食料になるもの、生きるために必要な獲物がひっかかるのを待つ。一日。二日。一週間。蜘蛛は待ちつづける。待つ以外、蜘蛛にできることはない。夜の小さな漁師……なにかが巣にかかったら生きていける。なにもかからなければ、蜘蛛は考える。『もう間に合わない。手遅れだ』と。そう、そのとおり。蜘蛛は待ちつづけて死ぬ」

「でも、ぼくの場合は、なんとか間に合った」

「わたしが来た」

「ぼくを選んだのは――」ジョーは口ごもった。「同情から？」

「まさか。引き揚げには、さまざまな高い技術、多くの知識と職人技、無数の技芸が必要だ。あの陶片はまだ持っているかね？」

ジョーは上着のポケットから神々しい小さなかけらをとりだし、カウンターの、空になったスープ皿のとなりに置いた。

「そういうものが何千とある」とグリマング。「きみの寿命はあと百年あるだろうが、百年かけても仕事は終わらない。きみは死ぬまで、そういう美しい小さなかけらとともに過ごすことになる。そして、願いがかなって、きみは最後の日まで存在することを得る。これまでも、この先も、きみはつねに存在しつづける」グリマングは人間の似姿の腕にはめたオメガの時計に目をやった。「二分後に、きみが乗る便の搭乗アナウンスがある」

カウチにストラップで縛りつけられ、頭に与圧ヘルメットを固定された状態で、ジョーは体をひねり、旅の道連れになる隣席の客を見ようとした。

マリ・ヨヘス、とタグに書いてある。ジョーは横目で見て、彼女が地球出身ではないヒューマノイドの若い女性であることを知った。

そのとき、第一段の推進ロケットが始動し、船は上昇をはじめた。

ジョーはこれまで地球を離れたことが一度もなかった。加速によって自重が大きくなるにつれ、そのことを強く意識させられた。これは…ニューヨークから…東京へ…行くのとは…わけが…違う。息をあえがせながら、心の中でそういった。必死の努力でなんとか頭を動かし、もう一度、非地球人の女性を見ようとした。彼女の顔は青くなっていた。彼女の種属は、それが当然なのかもしれない。もしかしたら、ぼくも青くなっているのかも。彼女もしかしたらもうすぐ死ぬのかも。そう思ったとき、ブースター・ロケットが始動し……ジョー・ファーンライトは失神した。

目覚めたときには、マーラーの交響曲第四番と低いささやき声しか聞こえなかった。ぼくがいちばん最後に意識をとりもどした乗客というわけか、とむっつり思う。きびきびした黒髪の客室乗務員がジョーの与圧ヘルメットをてきぱきとはずし、酸素供給を停止した。

「ご気分はよくなりました、ミスター・ファーンライト?」女性客室乗務員がジョーの髪をていねいに整えながらいった。「こちらのミス・ヨヘスは、出発前に提出されたファーンライトさんのプロフィールを読んで、とても大きな関心を持たれて、お話しするのを楽しみにされていたそうですよ。さあ、これでもとどおり、素敵なヘアスタイルになりました。ねえ、ミス・ヨヘス?」

「はじめまして」ミス・ヨヘスは訛りの強い地球語で話しかけてきた。「お目にかかれて光栄です。この長旅のあいだに、きっと話が弾むんじゃないかと思ってたんです。共通点がたくさんあるので」

「ミス・ヨヘスのプロフィールを見せてもらえますか?」ジョーは客室乗務員に頼み、受けとってざっと目を通した。好きな動物、スキンプ。好きな色、とくになし。好きなゲーム、モノポリー。好きな音楽、衛藤公雄の箏曲。出身はプロクシマ星系。ということは、いわば開拓者の家系か。

「わたしたちは同じ仕事に携わっているようです。わたし《アイ》とわたし《ミー》を包含する、数人のわたしたちが」

「あなたとわたし」

「あなたは天然の地球人？」

「生まれてこのかた、地球を離れたことは一度もありません」

「じゃあ、これが初めての宇宙旅行？」

「ええ」こっそり彼女を観察して、魅力的な女性だと思った。短くしたブロンズ色の髪が明るいグレーの肌と効果的なコントラストをなしている。加えて、見たこともないくらい細いウエストをペルモ型の噴霧式発泡樹脂ブラウスとパンツに包み、すばらしいプロポーションがはっきり見てとれる。

「海洋生物学者なんですね」ジョーは彼女のプロフィールを見ながらいった。

「はい。わたしの仕事は調査することです」小さな辞書をとりだして単語を調べ、「水没した人工物を包摂する珊瑚の深さを」

「グリマングはどんな姿で顕現したんですか？」とジョーは好奇心にかられてたずねた。

「顕現？」ミス・ヨヘスはおうむ返しにいって、小さな辞書を引きはじめた。

「実体化」客室乗務員が朗らかにいった。「この船のコンピュータは地球の翻訳コンピュータと接続されています。各座席にはそれぞれイヤフォンとマイクがついています。こちらがミスター・ファーンライトの、そちらがミス・ヨヘスのものです」

「地球語のスキルはすぐに戻りますから」といって、ミス・ヨヘスは乗務員がさしだすイヤフォンをことわり、ジョーのほうを向いた。「さっきの質問は――」

「グリマングはどんなふうにしてあなたの前に現われたんですか？　外見はどうでした？

大きかった？　背が低かった？　太っていた？」

「グリマングは、当初、水中生物の肉体で顕現しました。というのも、もともと母星では、しばしば海の底で休んでいたからです」記憶を探るような表情になり、「沈んだ大聖堂の近辺で」

警察署が海に変貌したのもそれで説明がつく。「じゃあ、その次に現われたときはどんな姿でした？　最初と同じ？」

「二度目にわたしを来たときは、洗濯かごとして顕現しました」

洗濯かご？　文字どおり、洗濯ものを入れるかごのことか？　そのときジョーはふと思い立った。〈ゲーム〉だ。かつての熱中がとつぜん甦ってきた。「ミス・ヨヘス、もしかしたら、翻訳コンピュータが利用できますよ……とてもおもしろい結果が出ることもあって。ずいぶんむかしのことだけど、エンジニアリングに関するソヴィエトの論文を自動翻訳したとき、ある用語が――」

「すみませんが、お話が理解できません。加うるに、話し合うべきことがほかにあります。乗客全員にたずねて、ミスター・グリマングに雇われた人が何人いるかを知る必要があります」ミス・ヨヘスはイヤフォンを片耳にあて、マイクをとって、となりの翻訳コンソール上にあるすべてのボタンを押した。「ミスター・グリマングの〈事業〉に参加してプラウマンズ・プラネットに行かれるかたは挙手してください」

「ともかく」とジョーはいった。「エンジニアリングに関するその論文をコンピュータが英訳したとき、奇妙な用語が何度も何度もくりかえし出てきたんです。〝水羊《ウォーター・シープ》〟。いったいぜんたいどういう意味なのか？　みんながたずね、わからないとみんなが答えた。それで結局――」

ミス・ヨヘスがそれをさえぎり、「乗客四十五人のうち、三十人がグリマングに雇われています」といって笑った。「もしかしたら、労働組合を結成して、団体交渉すべきかもしれません」

「実際、そう悪いアイデアでもないな」同じコンパートメントの最前部にいかめしい顔ですわっていた、白髪まじりの男性がいった。

「しかし、ミスター・グリマングは、すでにじゅうぶんな支払いを約束していますよ」左側の、おどおどした小男が指摘した。

「契約書を交わしたかね？」と白髪まじりの男がいった。「彼は口約束をして、そのあとわれわれを脅した――すくなくとも、わたしはそう思っている。すくなくとも、わたしは脅された。グリマングは審判の日さながらに迫り、わたしをうちのめした。どんな相手だろうと、このハーパー・ボールドウィンを脅せる者などめったにいない」

「それで」とジョーは話をつづけた。「ロシア語の原文にもどってたしかめてみたら、なんだったと思います？ 〝水圧ポンプ《ハイドロリック・ラム》〟。それが英訳では〝水羊〟になっていた。さて、この事実をもとに、ぼくはおおぜいの優秀な仲間たちといっしょに――」

「口約束では」コンパートメントのうしろのほうにすわっている、険のある顔立ちの中年女性が発言した。「不十分よ。彼のもとで仕事をはじめる前に、契約書を交わすべきだわ。もとはといえば、わたしたちは基本的に、脅されてこの船に乗せられたのよ」

「だとしたら、プラウマンズ・プラネットに着いたときには、どんな脅しが待っているかしら」とミス・ヨヘス。

乗客全員が、しばし黙り込んだ。

「ただ〈ゲーム〉と呼んでるんだけど」とジョーが沈黙を破った。

「加うるに」と白髪まじりの男がいった。「われわれはグリマングが銀河のいたるところから徴募してきた労働力のほんの一部にすぎないことを忘れてはならない。つまり、われわれが団体として行動することは可能だが、はたしてそれがなんらかの意味を持つだろうか。われわれはバケツの水の一滴にすぎない。というか、いずれそうなる。グリマングが他の労働力を例のいまいましい星に集めたときには。いつそうなってもおかしくない」

「わたしたちがしなければならないのは」とミス・ヨヘスがいった。「ここにいるわたしたち全員を組織したのち、プラウマンズ・プラネットに到着して、大きなホテルのどれかひとつにまとまって宿泊したとき、グリマングに徴募された他の人々の一部もしくは全部と接触することです。そうすれば、効果的な組合を結成できるかもしれない」

「しかし、グリマングは」がっちりした体つきの赤ら顔の男が口を開き、身振りを交えていった。「超自然の存在じゃないのか？　神なのでは？」

「神なんていませんよ」コンパートメントの左側のおどおどした小男がいった。「わたしも若いころは神を深く信じていましたが、つらい挫折や失望、幻滅が何度となくくりかえされた結果、信仰を捨てました」

「しかし、グリマングにできることを考えてみろ」赤ら顔の男がいった。「呼び名がどうあれ、グリマングはわれわれにとって、神にひとしい力と性質を有している。たとえば彼は、プラウマンズ・プラネットにいながらにして、全銀河の十ないし十五の惑星に同時に顕現できる。さっき前の席の紳士がいったとおり、おれの前に現われたグリマングは恐ろしい姿だった。だが、おれは、彼が現実の存在だと信じている。グリマングはわれわれをここに集めた——それはわかっている。おれの場合、グリマングが接触してきたのと時を同じくして、警察から異様に強い関心を持たれはじめた。そして結局、グリマングの申し出を受けるか、政治犯として刑務所へ入るかの二者択一を迫られる羽目になった」

くそっ、そういうことだったのか。ＱＣＡがいきなりやってきたのも、グリマングがうしろで糸を引いていたからだろう。コインをばらまいていたとき、上空にやってきた警察車も、ぼくを検挙した警官も――グリマングに操られていたのかもしれない！

数人がいちどきにしゃべりだしたが、必死に耳を傾けると、話に共通点があるのがわかった。彼らもまた、警察車や警察署からグリマングによって救出されたときのことを語っている。だとしたら、ぜんぜん話が違ってくる。

「違法行為をするように誘導されたのよ」太った中年女性がいう。「一時の気の迷いで、政府系のある利益団体に宛てて小切手を切るように仕向けられたの。小切手は不渡りになって、わたしはすぐさま警察に逮捕された。この船に乗ったときは保釈中だった。船に乗れたのがびっくりよ。QCAは、宇宙港で捕えられたはずなのに」

妙な話だ。ジョーは考え込んだ。QCAはぼくら全員を拘留できた。グリマングはその巨大な力を誇示してぼくらをプラウマンズ・プラネットに連れていくことをしなかった。そのかわりに定期便に搭乗させた――それどころか、みずから宇宙港に姿を現した。おそらくは、ぼくらが土壇場で心変わりしないように。ということは、グリマングとQCAは、実際はべつに敵対してるというわけじゃないのか？

特別な価値を持つ知識や技術に関して、現行法はどう扱っていたっけ。留守にした場合、政府や〝人民〟にとってとりかえがきかない技術を持つ人間が地球を離れることは、たしか重罪にあたるはずだ。ぼくの技術と知識に関する申請はごくあたりまえに承認された。係官はちらっと見ただけでスタンプを捺し、次の人を呼んだ。もしかしたら次の人も、きわめて有益な特殊技能を持ち、プラウマンズ・プラネットに向かう途中だったかもしれない。そしてどうやら、その人物も係官のＯＫをもらったようだ。

そう考えると、ジョーは足もとが崩れ去るような深い不安を感じた。グリマングと警察に共通の基盤――彼の場合がそういうことだとしたら、警察署に残ろうが、グリマングの申し出を受けようが、権威に支配されるという点において、事実上、なんの変わりもない。いや、後者のほうがさらにひどいかもしれない。プラウマンズ・プラネットでは、被疑者の権利を保護する法律など存在しないのだから。だれかがいったとおり、プラウマンズ・プラネットに着いたとたん、グリマングの完全な支配下に入り、グリマングの思うとおりに行動させられる。グリマングの手足にされるも同然。それもまたべつの集団主義体制であり、ジョーはいまそちらに向かっている。どんな意味でも、脱出に成功したわけではなかったのだ。

そしてこれは、他の全員にあてはまる。銀河のいたるところからプラウマンズ・プラネットにやってくる数百人の、もしかしたら数千人の人材に。なんてことだ。ジョーは絶望を味わった。だがそのとき、ふと思い出した。グリマングが人間の姿をとって宇宙港のレストランに現われたとき、彼はいった。「命に大小はない」そしてグリマングはちっぽけな蜘蛛を〝夜の小さな漁師〟と呼んだ。

「みなさん」ジョーは翻訳ボタンをすべて押してから、マイクに向かって大きな声でしゃべりだした。乗客全員に、否応なく聞こえている。「グリマングは宇宙港で、ぼくにこんなことをいいました。自分を生かしてくれるなにかを待ちつづけている生きものの話です。しかし、多くの生命にとって、そのなにかはやってこない。グリマングは、今回の〈事業〉、すなわちヘルズカラ引き揚げプロジェクトこそ、ぼくが待ちつづけていたそのなにかだといいました」

ジョーは、心の中で確信が大きくなり、強く絶対的なものになるのを感じ、それによって自分が変わるのを感じた。そして目を覚まし、こう宣言できる。ぼくは存在する、と。『きみの中で眠っていたもの、潜んでいたもののすべてが――現実になる』とグリマングはいいました。そのとき、ぼくは感じたんです」ジョーは的確な言葉を探して口ごもった。「グリマングはぼくの生命について知っていた」ようやく言葉が出てきた。乗客は黙って聞いている。「内側から知っていた。まるでぼくの内部にいて、そこから外を見ているように」

「彼には精神感応力があるんです」おどおどした小男が声を張りあげた。同意のつぶやきがそこここから聞こえてくる。

「それ以上です」とジョーはいった。「精神感応装置なら警察も持っているし、しじゅう使っている。きのう、ぼくもそれで調べられました」

「わたしも経験がある」とミス・ヨヘス。それから全員に向かって、「ファーンライトさんのいうとおりです。グリマングはわたしの生命の土台を覗き込んだ。時間を遡って、わたしの人生をすべて眺め、いまこの時点にたどりつくまで見ているみたいでした。そして、いまこの時点では、わたしの人生は生きる価値がないと彼は判断した。この〈事業〉に参加しないかぎりは」

「だが、あいつは警察と共謀し――」と白髪まじりの男がいいかけるのをさえぎって、ミス・ヨヘスはいった。

「彼がなにをしたかは知りようがありません。わたしたちはパニックを起こしている。グリマングはわたしたちを救うためにこの〈事業〉を計画したんだと思います。彼はわたしたち全員を見て、さまざまな人生の不毛さと、その行き着く先を知り、わたしたちを愛した。なぜなら、わたしたちが生きているから。そして彼は、わたしたちを助けるためにできることをした。ヘルズカラの引き揚げはただの口実。わたしたちみんなが――もしかしたら、何千人もいるかもしれない――この計画の真の目的なのです」ミス・ヨヘスはしばらく口をつぐみ、それからいった。「三日前、わたしは自殺しようとした。掃除機のホースをはずして、片端を自家用車の排気管につなぎ、もう片方の端を車の中に引き込んで、エンジンをかけた」

「そのあとで気が変わったの？」トウモロコシの毛のような細い髪の毛の、すらりとした女性がたずねた。

「いいえ」とミス・ヨヘス。「エンジンがうまくかからなくて、振動でホースがはずれたんです。わたしは寒い車の中に、一時間、ただすわっていた」

「もう一度やってみるつもりだった？」とジョー。

「きょうやるはずでした」とミス・ヨヘスは平板な口調でいった。「今度こそ失敗しないやりかたで」

「それならおれもいわせてもらうが」赤ら顔の赤毛の男がそう切り出してから、あきらめと不安の入り交じった耳障りなため息をつき、「おれもそうするつもりだったよ」

「わたしは違う」白髪まじりの男がいった。ものすごく腹を立てているように見えた。激怒のエネルギーが感じとれるような気がした。「この仕事を受けたのは、大金を提示されたからだ。わたしが何者だと思う？」と全員の顔を見渡す。

「わたしは念動力者だ。地球でもっとも優秀な念動力者」彼が重々しい表情で片腕を伸ばすと、コンパートメントの後方にあったブリーフケースがまっすぐ彼のもとに飛んできた。彼はそれを荒々しくつかみ、ぎゅっと力を込めて握った。

グリマングがぼくの体を握ったみたいに、とジョーは思った。

「グリマングはここにいます。ぼくたちの中に」とジョーはいった。それから白髪まじりの男に向かって、「あなたがグリマングだ。なのに、グリマングを信頼することに強く反対する立場で議論している。あなただ」

白髪まじりの男はにっこりして、「いや、それは違う。わたしはグリマングではない。ハーパー・ボールドウィン、政府お抱えの顧問念動力者だよ。とにかく、きのうまではそうだった」

「でも、グリマングはこの中のどこかにいるわ」人形のようなもつれた髪をした中年女性がいった。ずっと編みものをしていて、口を開いたのはいまがはじめてだった。「その人のいうとおりよ。そちらのかたの」

「ミスター・ファーンライトです」客室乗務員がすかさず名前を告げた。「ついでに、みなさんをご紹介しましょうか。ファーンライトさんのおとなりのすてきな女性はミス・マリ・ヨヘス。それから、こちらの紳士は……」

客室乗務員は紹介をつづけたが、ジョーはうわのそらだった。名前なんかどうでもいい。例外は、隣席のマリ・ヨヘスだけ。この四十分のあいだに、彼女のことをますます好ましく思うようになっていた。控え目でひっそりした、さびしげとさえいえるような美しさ。ケイトとは似ても似つかない。正反対だ。ミス・ヨヘスこそ、ほんとうに女らしい女だ。ケイトの中身は、欲求不満の男。付き合う相手をかたっぱしから去勢するタイプ。

ひととおり紹介がすむと、ハーパー・ボールドウィンが断固たる調子で決めつけるようにいった。「いまのわれわれの立場は、実際のところ、奴隷にひとしい。しばらく時間を使って、この一件全体を再検討しよう。われわれがどのようにしてここに集まることになったのか。その答えは、飴と鞭だ。違うかね？」彼は同意を求めるように一同の顔を順ぐりに見渡した。

「プラウマンズ・プラネットは」ミス・ヨヘスが口を開いた。「野蛮な未開の惑星ではありません。活力にあふれる進んだ社会があり、発展をつづけています。言葉の厳密な意味での文明社会ではないかもしれませんが、住民は狩猟や採集で食べているわけでないし、農耕従事者の部族で構成されているわけでもない。プラウマンズ・プラネットには、都市もあれば法律もある。ダンスから改良型の四次元チェスまで、さまざまな文化もある」

「それは嘘だ」ジョーは激しい怒りとともに叫んだ。その口調に驚いて、全員が彼のほうを向いた。「プラウマンズ・プラネットには巨大な老いた生命が存在している。どうやら衰弱しているらしい。発達した都市文明なんか存在しない」

「待ちたまえ」ハーパー・ボールドウィンがいった。「グリマングが衰弱しているだと？ファーンライト、その情報はどこから得た？　政府の百科事典か？」

ジョーは落ち着かない気分で答えた。「そうです」おまけに人伝ての情報だ。

「グリマングが衰弱していると百科事典に書いてあるのなら」ミス・ヨヘスが平板な口調でいった。「ほかになんと書いてあるか知りたいものね。プラウマンズ・プラネットに関するあなたの知識が現実とどれほどかけ離れているかに興味があるから」

決まりの悪い思いをますますつのらせながら、ジョーはいった。「活動していない。年をとって耄碌し、無害」しかしグリマングは、およそ無害には見えなかった。少なくとも、ジョーの前では。

そして、他の人々の前でも。

マリ・ヨヘスが立ち上がり、「よろしければこれで失礼して、ラウンジに行かせていただきます。雑誌でも読むか、ひと眠りするかします」といって、歩幅の小さいきびきびした足どりでコンパートメントを出ていった。

「差し出がましいけれど」せっせと編みものをつづけている、もつれた髪の女性が、顔を上げずにいった。「ファーンライトさんはラウンジに行って、いまのミスなんとかに謝ったほうがいいんじゃないかしら」

耳が赤くなり、首筋がちくちくした。ジョーは立ち上がり、マリ・ヨヘスのあとを追った。

カーペットが敷かれた三段を降りるあいだ、不気味な予感に襲われた。まるで、これから自分の死と向き合うような気分。それとも、はじめて生と対面するのか？　誕生のプロセス？

いつかわかるだろう。しかし、いまではない。

6

ミス・ヨヘスは、自分でいったとおり、ラウンジに置かれた大きくてふかふかのカウチにすわって、ランパーツ誌を読んでいた。歩み寄っても、顔を上げようともしなかったが、ジョーは当然気がついているという前提で声をかけた。

「どうして――どうしてそんなにプラウマンズ・プラネットのことにくわしいんです、ミス・ヨヘス？　百科事典を読んで得た知識じゃないことは明らかですね。ぼくとは違って」

ミス・ヨヘスは黙って雑誌を読みつづけている。

少しためらったあと、ジョーは彼女の近くに腰を下ろし、なにをいうべきか考えた。プラウマンズ・プラネットの社会に関する彼女の発言で、ぼくはなぜあんなに腹を立てたんだろう？　わからない。不合理な怒りだとほかのみんなはあのとき思っただろうが、いまは自分でも不合理に思える。

「新しいゲームをつくったんだ」とジョーはようやく話を切り出した。ミス・ヨヘスはなおも雑誌を読みつづけている。「アーカイブをさらって、いままで印刷された中で最高に笑える見出しを探す。他のプレーヤーよりおもしろい見出しを見つけられたら勝ち」彼女はまだ黙っている。「ぼくがいちばん笑った見出しを教えようか。一九六二年まで遡ってやっと見つけたやつ」

マリがちらっと目を上げた。表情にはきわだった感情や敵意はなく、お義理のようなぼんやりした興味が浮かんでいる。それだけ。「で、どんな見出しなの、ミスター・ファーンライト」

「エルモ・プラスケット、ジャイアンツを沈める」

「エルモ・プラスケットってだれ？」

「そこがポイント。マイナーから上がってきたばかりで、だれも知らない選手だった。だから笑えるんだよ。エルモ・プラスケットはある日とつぜん現われて、ホームランを一本打ち——」

「バスケットボール？」

「ベースボール」

「ああ、バットとボールのゲームね」

「プラウマンズ・プラネットに住んでたことがあるの？」

マリはしばらく答えなかったが、やがて「ええ」とだけいった。雑誌をきつく丸めて円筒にしたものを両手でぎゅっと握りしめている。表情には強い緊張の色があった。

「じゃあ、プラウマンズ・プラネットがどんなところか、じかに知っていたわけだ。グリマングを見たことは？」

「ちゃんと見たことはないわ。彼の存在は、みんな知ってたけど。半分死んでるというか、半分生きてるというか、どっちのいいかたもできる……わからない。失礼」彼女は顔をそむけた。

ジョーはまた口を開きかけたところで、ラウンジの隅にSSAマシンらしきものがあるのに気づいた。立ち上がってそちらに歩み寄り、たしかめてみた。

「なにかご用ですか？」客室乗務員が近づいてきた。「おふたりがセックスなされるように、ラウンジを立入禁止にいたしましょうか？」

「いや。これに興味があるんだけど」ジョーはSSAマシンの操作パネルに手を触れた。

「使用料はいくら？」

「乗客のみなさんは、一回のフライトにつき一度、無料でSSAサービスが受けられます。二度目からは、純正ダイム二枚が必要になります。おふたりのためにセットいたしましょうか？」

「わたし、興味ない」マリ・ヨヘスがいった。

「ミスター・ファーンライトがかわいそうですよ」と客室乗務員。口もとに笑みを浮かべているものの、声には非難の響きがある。「ひとりで使えないことはご存じでしょうに」

「やってみたって、べつに害はないだろう」ジョーはマリ・ヨヘスに問いかけた。

「あなたとわたしに、いっしょの未来なんかない」とマリ・ヨヘスは答えた。

「でも、そのためにSSAがあるんじゃないか」とジョーは反論した。「将来どうなるかを――」

「どうなるかはわかってる」とマリ・ヨヘスは話をさえぎり、「前にも使ったことがあるから」だがそのとき、唐突にいった。「いいわ。このマシンがどんなふうに働くか、あなたも試してみればいい。つまり――」彼女は言葉を探した。「ひとつの経験として」

「それはどうも」

客室乗務員はてきぱきした要領のいい手さばきでSSAマシンをセットしながら説明した。

「SSAは、Sub specie aeternitatis（ラテン語で「永遠の相の下に」の意。十七世紀オランダの哲学者スピノザの言葉より）の略です。つまり、時間の外側に見えるもの。SSAマシンを使えば未来が覗ける、未来予知ができると思っている人がたくさんいますが、それは違います。この装置は、原理的にはコンピュータです。脳にとりつけた電極を通じて、おふたりそれぞれについての膨大な量のデータをすみやかに収集します。そのデータが確率をもとに統合されて、おふたりが結婚した場合とか、同棲した場合とかについて、もっとも可能性の高い未来が推測されます。ところで、利用者は、頭に電極をとりつけるため、それぞれ、頭部の二箇所の毛髪を剃る必要がありま す」客室乗務員は小さなステンレス製の器具をとりだし、ジョーの頭を二箇所剃った。それからマリ・ヨヘスの頭を剃りはじめる。「何年くらい未来に興味がおありですか？　一年？　十年？　自由に選んでいただけますが、短いほど推測は正確になります」

「一年」とジョーは答えた。十年先は遠すぎる気がした。もしかしたら、生きてさえいないかもしれない。

「ミス・ヨヘス、それでいいですか？」と客室乗務員。

「ええ」

「コンピュータがすべてのデータを集め、蓄積し、処理するのに、十五分から十七分かかります」電極をジョーとマリ・ヨヘスの頭蓋にとりつけながら、「静かにすわって、リラックスしてください。もちろん、不快な思いをされる心配はありません。なにも感じませんから」

「あなたとわたし」マリ・ヨヘスが辛辣な口調でいった。「一年もいっしょに過ごすなんて。さぞ親密で楽しい一年でしょうね、ミスター・ファーンライト」

「前にも試したことがあるの？」とジョーはたずねた。「ほかの男性と？」

「ええ」

「で、好ましくない推測が出た？」

マリ・ヨヘスはうなずいた。

「さっきは頭ごなしに否定してすまなかった」ジョーは心から申し訳ない気持ちで謝罪した。

「あなたはわたしのことを――」マリ・ヨヘスは頭の中で辞書を引くような表情になり、「嘘つきと呼んだ。みんなの前で。わたしはプラウマンズ・プラネットに住んだことがあり、あなたはないのに」

「ぼくがいいたかったのは――」ジョーの言葉は客室乗務員にさえぎられた。

「SSAのコンピュータが現在、おふたりの心からデータを集めています。しばらく口喧嘩は忘れて、リラックスしてください。心をのんびりくつろがせて……あけっぴろげな気持ちになって、プローブがデータを集めるのに協力してください。とくになにも考えないようにして」

それはむずかしいな、とジョーは思った。こんな状況では。やっぱり、ケイトの論評が正しかったのかもしれない。ぼくはわずか十分のうちに、旅の道連れである魅力的なミス・ヨヘスを侮辱してしまった……そう思うと、暗い気分になる。ぼくから彼女に提供できた話題といえば、『エルモ・プラスケット、ジャイアンツを沈める』だけ。いや、もしかしたら、彼女は壺なおしに興味があるかもしれない。なんで真っ先にその話からはじめなかったんだろう。けっきょく、ぼくらがここに集められた理由はそれじゃないか。各人が持つ技術、経験、知識、訓練。

「ぼくは壺なおしなんだ」ジョーは声に出していった。

「ええ、知ってる。プロフィールを読んだから」しかしもう、それほど険のある口調ではなかった。ジョーの無礼な発言が引き起こした敵意はずいぶんおさまっている。

「壺なおしに興味が？」

「ええ、とても。だから、こんなに――」マリ・ヨヘスは身ぶりで示してから、また辞書を引く顔になり、「光栄に思ったのよ、隣席にすわって話せることが。ねえ――壺はまた完全になるの？　修繕されるんじゃなくて……あなたがいうみたいに、ちゃんともとどおりに治るの？」

「治った陶器のかけらは壊れる前とそっくりの状態になる。すべてが融合する。すべてが流転する。もちろん、ぜんぶのかけらが必要だ。ほんの小さな一片でも不足していると、治すことはできない」マリ・ヨヘスみたいなしゃべりかたになっている。彼女は強烈な個性の持ち主で、ぼくは潜在意識でそれに気づいている。ユングがいうように、男性の心の中にはアニマという元型があって、男性は女性と出会ったときにそれを体験する。元型的イメージが最初の女性に、それからまた次の女性に投影され、それぞれにカリスマ的な力を与える。気をつけたほうがいいな、とジョーは思った。ケイトとの結婚生活でわかったとおり、けっきょく、ぼくのアニマ像は、理解があって受動的なタイプではなく、意志が強くて支配的なタイプだ。同じあやまちをまた最初からくりかえしたくはない。ケイトこと、キャサリン・ハーリー・ブレインという名のあやまちを。

「SSAのコンピュータがデータの収集を完了しました」客室乗務員がジョーとマリ・ヨヘスに告げた。ふたりの頭から電極をはずしながら、「データ処理に二、三分かかります」

「結果はどんなふうに出るのかな。パンチ穴が開いた紙テープで出てくるのか、それとも——」

「いまから一年後、おふたりの人生が交わっている時間を象徴する場面が視覚的に切りとられて、向こうの壁に3Dで投影されます」客室乗務員はラウンジの照明を暗くした。

「煙草を喫ってもいいかしら?」とマリ・ヨヘスがたずねた。「ここは地球の法律に縛られてないんでしょ」

「船内の空気には大量の酸素が含まれておりますので、航行中の喫煙は目的地到着まで禁じられております」と客室乗務員が答えた。

あたりが暗くなり、周囲のすべてがぼんやりした闇の中に沈み、輪郭が不明瞭になった。となりのマリ・ヨヘスも含めて。ややあって、SSAマシンのそばに、奥行きのある明るい正方形の一画が出現した。色彩とさまざまな像がそこに閃く。ジョーは壺を治している自分を見た。食事をとっている自分を見た。化粧台の前で髪を梳かしている彼女を見た。

さまざまな映像が次から次へ、ぱっぱっと閃きつづけたが、やがてだしぬけに、ある場面で固定された。

3Dカラー立体映像に、自分とマリが手をつないで、どこか異星の、ひとけのない夕暮れのビーチを歩いていくところがあらわれた。カメラの魚眼レンズがズームして、彼と彼女の顔を映し出す。ふたりの顔には深い愛情が見てとれた。一年後の自分の表情を見た瞬間、自分がいままで一度も浮かべたことのない表情だとわかった。これまでの人生に、こういう瞬間に似たものはまったくなかった。たぶん、彼女に関しても同じだろう。ジョーはマリ・ヨヘスのほうに視線を向けたが、表情は見分けられなかった。この映像をどう受けとめているのかはわからない。

「まあ。おふたりとも、しあわせそうだこと」と客室乗務員がいった。

「ふたりだけにして」とマリ・ヨヘスがいった。「いますぐ」

「これはこれは。気がきかなくてすみません」といって、客室乗務員はラウンジを出ていった。その背後でかちりと音をたててドアが閉まった。

「乗務員はどこにでもいる」マリ・ヨヘスは説明するようにいった。「航行中ずっと。放っておいてくれない。自分だけにしてくれない」

「でも、マシンの使いかたを教えてくれた」

「SSAマシンなら、わたしひとりで動かせる。何回もやった」こわばった、不機嫌な口調。映像に心を動かされなかったらしい。

「ぼくら、おたがいにうまくいってるみたいだったね」とジョーはいってみた。

「ああもう！」マリ・ヨヘスは金切り声を発した。片手の握りこぶしで椅子のひじをどんと叩いた。「前も同じ結果だった。わたしとラルフのときも。完璧な夢の実現。でも、実際は違った」かすれたうなり声になり、その怒りが麝香《じゃこう》のようにはっきりと感じとれた。

彼女がこちらをにらんでいるのがわかる。マシンが投影した立体映像に対する彼女の激しい感情的反応をジョーは直感した。

「客室乗務員が説明したとおり、SSAは未来を予見するわけじゃない。ぼくときみの精神から集めたすべてのデータを総合して、もっと確率の高い傾向を算出するだけ」

「だったら、そもそもどうしてあんな機械を使うの？」マリ・ヨヘスが反論した。

「火災保険のようなものだと思えばいい。きみは、自分が賃貸している部屋が火事にならなかったという理由で、つまり保険になんか入る必要はなかったという理由で、保険会社を詐欺だと訴えているようなものだよ」

「そのたとえには無理があるわ」

「すまない」ジョー自身もいらいらしていた。それに、あいかわらず、彼女に対しても。

「いまの映像でなかよく手をつないでいたから」とマリが辛辣な口調でいった。「寝るべきだっていうの？　ツヌマ・モキモ・ヒロ、ケイ・デイ・ビフォ・ディティカル・セワト」母星語らしき言葉。明らかに悪態だろう。

ドアにノックの音がした。「おふたりさん」とハーパー・ボールドウィンの呼ぶ声。

「集団雇用の作戦を練ってるんだが、きみたちふたりにも知恵を貸してほしい」

ジョーは立ち上がり、ラウンジの闇の中を戸口に歩いていった。

討論はそれから二時間つづいた。全員の意思を統一した結論はついに出なかった。

「とにかく、グリマングに関する情報が足りない」ハーパー・ボールドウィンが疲れはてたようすで不満を述べた。それからマリ・ヨヘスに探るような視線を向け、「きみは、ここにいるだれよりも、グリマングにくわしいんじゃないかね。自分で認めているよりもはるかに。そもそも、プラウマンズ・プラネットにいたことがあるという事実さえ隠していた。もしそのことをファーンライトにしゃべらなかったら——」

「ぼくが訊くまで、だれもたずねなかったからでしょう」とジョーはいった。「質問したら、ちゃんと答えてくれた。包み隠さず」

「あなたはどう思います、ミス・ヨヘス？」厚着をしたひょろ長い若者がたずねた。「グリマングはぼくらを助けようとしているのか、それとも自分の目的を遂げるために専門家を集めた奴隷グループをつくろうとしているのか。後者だとしたら、プラウマンズ・プラネットにこれ以上近づかないうちに引き返したほうがいい」緊張のせいか、声がうわずっている。

ジョーのとなりに腰を下ろしたマリ・ヨヘスが、耳もとに口を寄せ、小声でいった。

「ここを出てラウンジにもどりましょう。話し合いはまとまりそうにないし、あなたともっと話がしたい」

「いいとも」ジョーは喜んで答えた。彼が席を立つと、彼女も立ち上がった。ふたりはいっしょにラウンジのほうへ歩き出した。

「行くのか」ハーパー・ボールドウィンが不興げにいった。「ラウンジにいったいどんな魅力があるんだね、ミス・ヨヘス？」

マリは足をとめ、「性的な娯楽よ」と答えてまた歩き出した。

「あんなこといわないほうがよかったのに」ラウンジに入り、ドアを閉めてからジョーはいった。「たぶん、みんな本気にしてるよ」

「でも、本気なのよ」とマリはいった。「相手のことを――この場合はわたしのことを――真剣に考えていないかぎり、ふつうSSAマシンを使ったりしないでしょ」ラウンジのカウチに腰を下ろし、両腕をジョーにさしのべる。

ジョーはまずラウンジのドアをロックした。いろいろ考えてみると、こうすることは理に適っている。

激しすぎて、筆舌につくしがたい悦び。だれだか知らないが、そういった人間はよくわかっている。

7

プラウマンズ・プラネットの周回軌道に入ると、宇宙船は逆推進ロケットを点火して速度を落としはじめた。着陸は三十分後。

それまでの時間を、ジョー・ファーンライトは倒錯した楽しみでつぶしていた。すなわち、ウォールストリート・ジャーナルを読むこと。長年にわたってさまざまな新聞を読んできた結果、ジョーは、この新聞がいちばん不気味で、いちばん妙ちきりんな最新ニュースを掲載しているという事実を発見していた。ウォールストリート・ジャーナルを読むことは、未来——たぶん、半年くらい先——への小旅行にひとしい。たとえば、この記事。

> ニュージャージー州に建設された新型の超深度賃貸住宅は、老人病患者専用に設計されたもので、居住権が遅滞なく簡単に移譲されるよう、従来にないシステムが組み込まれている。すなわち、居住者が死亡すると、壁に埋め込まれた電子検知器が脈搏の停止を記録し、ただちにシステムを起動する。故人は標準型の自動アーム《ウォルドー》によって

壁の中に引き込まれ、耐熱材に囲まれた焼却室の中でただちに焼かれる。かくして、数時間後には新しい老人病患者の住人が引っ越してこられるという仕組みである。

ジョーは新聞を閉じて脇に投げ出した。地球を離れて正解だった。地球に残っていたら、いずれこんな目に遭わされるのか。

「予約を確認してきた」マリが事務的にいった。「全員、この惑星で最大の都市、ダイヤモンド・ヘッドにあるホテル・オリンピアに部屋がとってある。街の名前は、マーレ・ノストルムに向かって八十キロも突き出した曲がりくねった岬にあるから」

「マーレ・ノストルムって?」

「われらの海」

ジョーは新聞記事を彼女に読ませてから、なにもいわずにほかの乗客たちにもまわした。彼らは記事を読み、たがいに顔を見合わせた。

「われわれの選択は正しかった」とハーパー・ボールドウィンがいい、一同はうなずいた。

「もうたくさんだ」彼は首を振り、嫌悪と怒りに顔を歪めて、ざらついた声でいった。

「われわれ自身がこんな社会をつくったんだ」

船の乗員のうち腕力の強い男たちが人力でハンドルをまわしてハッチを開けた。妙なにおいのする冷たい外気がどっと流れこんでくる。海が近い。風の中にそれを感じる。弱い

　太陽の光を片手でさえぎりながら、ジョーは外を見た。まずまず現代的な都市の輪郭が見分けられる。その向こうには、褐色と灰色の入り交じる丘陵。でも、海はすぐ近くにある、とジョーは心の中でいった。マリの言葉どおり、ここは海洋惑星だ。そして、ぼくらにとってだいじなものは、すべて海の中にある。

　職業的な礼儀正しさで微笑みながら、女性乗務員たちが乗客を開いたハッチへとエスコートした。ハッチの向こうは下りの階段が惑星の湿った地面へとつづいている。ジョー・ファーンライトはマリの腕をとって先導した。しばらく、ふたりとも口をきかなかった——マリは、他の乗客にも宇宙港ビルにも関心を向けず、なにか物思いにふけっているようだった。思い出したくない記憶だろうか。もしかしたら、彼女の身に不幸な出来事が降りかかったのは、この惑星でのことだったのかもしれない。

　そして、このぼくにとっては——ぼくにとってはたいへんなことだ。生まれてはじめての惑星間——いや、恒星間旅行。足もとの土は、地球の土ではない。とても奇妙でとても重要なことがぼくの身に起きている。空気のにおいを嗅いだ。べつの世界、べつの大気。妙な感じだ。

「この場所が〝地球《この世》のものとは思えない（unearthly）〟なんていわないでよ」とマリがいった。

「わからないな。だってそのとおりじゃないか。ぜんぜん違うんだから」

「いいのよ。昔、ラルフとやってたゲームなんだから。『事物主義』って名前を付けてた。いくつか思い出してみる。みんな、ラルフが考えたのよ。たとえば、『印刷業界は旧態依然のやりかたを墨守している』とか。『灌漑農業はこの植民惑星にしっかり根を張っている』とか。わたしが好きなのはこれ、『交換手が救いの手をのばした』とか。大きな手がびゅーんと伸びるみたいなイメージ。それとも、『一九四五年の原子力発見で世界に電撃が走った』とか。わかる？」こちらに目を向けて、「わからないみたいね。いいの、気にしないで」

「どれも実在する文章みたいな気がするけど、どこがゲームなんだい？」

「『小火器の使用に関する質疑で上院が炎上』っていうのは？ これはわたしが新聞で見たいいまわし。ほかのはラルフが新聞で読むか、TVで聞くかしたんだと思う。たぶん、どれも本物」それから、暗い声でつけ足した。「ラルフに関することは、みんな本物だった。はじめのうちは。でも、あとになると違ってきた」

ネズミに似た褐色の大きな生きものが、用心深くこちらに近づいてきた。うしろ足で立ち、ひとかかえはありそうな本の山を持っている。

「スピドルよ」マリはネズミそっくりの臆病な生物を指さした。それにもう一匹、ハーパー・ボールドウィンに近寄っている。「グリマングとは違って、この惑星の在来種のひとつ。いずれ目にするでしょうけど――ええと」マリは指を折って土着生物の名前を挙げた。

「スピドル、ウーブ、ワージュ、クレイク、トローブ、フクセイ。古い時代の名残り……太古の〈霧もどき〉が世を去った時代にまで遡る種属。本を買ってもらいたがってるのよ」

スピドルはベルトにつけたちっぽけなテープレコーダーに触れた。テープがスピドルにかわってしゃべりだした。「ひとつの魅惑的な世界の歴史を完全に文書化」と英語が流れた。つづいて同じ内容をさまざまな言語でくりかえしているらしい。ともあれ、英語の部分はそれだけだった。

「買いなさい」とマリがいった。

「はあ?」

「スピドルの本を買って」

「この本を知ってるのか? なんの本なんだい?」

マリはしんぼう強くいいきかせるように、「たった一冊の本。この世界で」

「この世界というのは、この惑星のこと? それとも、もっと広い意味での――」

「プラウマンズ・プラネットには、この一冊しか本がないの」

「みんな、飽きない?」

「変わるのよ」マリはスピドルにダイムを一枚与えた。スピドルは喜んで受けとり、本を一冊、マリに手渡した。

ジョーは、マリから渡された本をためつすがめつしながら、「題名も著者名もない」

「この本の著者は」ふたりで宇宙港ビルに歩いていく道すがら、マリが説明した。「この惑星にいる生物または存在——英語でなんと呼べばいいのかわからない——の一団。プラウマンズ・プラネットで起こることすべてを記録している。大きなことも小さなこともひっくるめて、なにもかもぜんぶ」

「じゃあ、新聞だ」

マリが足をとめ、激しいいらだちに燃える目でこちらを見た。「すべてはまず記録され、る」と、必死に自制しているような口調でいった。「カレンドたちが物語を紡ぐ。そして、書名のない、変わりつづける本に記入する。それからようやく、その出来事が起こる」

「予知か」

「ここで問題。なにが原因？　なにが結果？　カレンドは〈霧もどき〉が消え去るように、変化し進化しつづける台本を織り上げた。そしてそのとおり、霧もどきは消え去った。では、カレンドが彼らを消し去ったのか？　スピドルはそう思っている。でも、スピドルはとても迷信深いから、そう信じるのは当然」

ジョーはでたらめにその本のページを開いた。テキストは英語ではなかった。何語なのかはおろか、どういう種類の文字なのかもわからない。しかし、ぱらぱらページをめくりつづけるうちに、見慣れない文字のかたまりの中に埋め込まれるように混じっている、短い英文の一節にぶつかった。

その女性マリ・ヨヘスは海中に沈んだ人工物から珊瑚の堆積物を除去する専門家である。銀河のさまざまな星系から徴募された他のメンバーは、地質学者、構造工学者、水力工学者、地震学者、海中遠隔操作ロボットの専門家、埋没した古代都市の場所を突き止めてきた実績を誇る考古学者。

多くの腕を持つ特異な二枚貝は、塩水タンクの中で生活し、サルベージのため沈没船を引き揚げるプロジェクトの監督として働いている。さらに、一体の腹足類が

テキストはそこから先、理解不能の言語に変わっていた。ジョーは本を閉じ、じっと考え込んだ。一行が宇宙港ターミナル複合ビルのコンコースに通じる動く歩道にたどりついたころ、ジョーは口を開き、

「この本のどこかに、ぼくも出てくるんだろうな」とつぶやいた。

「もちろんよ」マリはおだやかに答えた。「探せば見つかる。あなたはこの本をどう理解する――失礼。この本はあなたをどんな気持ちにさせる？」

「こわいよ」ジョーはなおも考えながら答えた。

タクシーとして使われている地上車に乗り、一行はホテルへ向かった。その短い道中も、

ジョー・ファーンライトは題名のない本を調べつづけた。その本に夢中になるあまり、タクシーの窓の外を過ぎてゆくカラフルな商店街や、あちこちせわしなく動きまわる数種類の生命体にはろくに関心を払わなかった——通りを行き交う人々や建物のことをぼんやり意識しているだけだった。というのも、英語で書かれたまたべつの一節を車中で探しあてたからだ。

明らかに、この〈事業〉には、水中の構造物の所在を特定し、引き揚げ、修復することが含まれている。おそらく——関係する技術者の数から考えても——きわめて大規模なプロジェクトになる。問題の構造物は、はるかな古代のものである可能性が高く、ほぼ確実に、ひとつの都市全体、いやひとつの文明全体さえも

その先のテキストは、またもや見慣れない文字に変わっていた。今度は、点とダッシュの集まりに見える。二進法で書かれた注釈のようだ。

ジョーはタクシーの隣席にすわるマリ・ヨヘスに向かっていった。「これを書いている連中は、ヘルズカラ引き揚げの件を知っている」

「ええ」マリは短く答えた。

「でも、予知はどこに？　この記述の時点は、たしかにびっくりするくらい現在に近い——

―いまこの瞬間とくらべて、前後一時間くらいだろう。でも、それだけだ」

「長い時間をかけて本を読めば、いずれ見つかる。埋め込まれているの。さまざまなテキストの中に。それらのテキストはすべて、原テキストの翻訳。一本の糸のようなラインが過去から現在に入り、さらに未来へと入ってゆく。その本のどこかに、ヘルズカラの未来が記されているのよ、ミスター・ファーンライト。グリマングの未来、わたしたちみんなの未来が。わたしたちはみんな、カレンドの時——時間の外にある時間——が紡ぐ物語の中に織り込まれている」

「で、きみはこの本のことを知っていた。スピドルが売りつけてくる前に」

「ラルフとここに住んでいるころに見た。ＳＳＡマシンはわたしたちがしあわせになると推論した。そして、カレンドが書いたこの本では、ラルフが——」彼女は口ごもった。

「ラルフは自殺した。先にわたしを殺そうとしたけど、でも——できなかった」

「カレンドの本にもそう書いてあった」

「ええ。正確にそのとおりに。ラルフとふたりで、わたしたちのことが書いてあるテキストを読んでたのを覚えている。でも、信じなかった。ＳＳＡマシンは科学的なデータ分析だけど、この本は埒《らち》もない言い伝えで、わたしたちやＳＳＡマシンがしあわせ《ハッピフッド》を見るのと反対に、悲運を見るものだと思ってた」

「ＳＳＡマシンはどうしてまちがえたのかな」

「データがひとつ欠けていたからよ。ホイットニー症候群。アンフェタミンに対する精神病性反応。パラノイアと殺意をともなう敵意。ラルフは自分が体重オーバーだと思って、アンフェタミンを常用していた――」

「食欲抑制剤がわりに」とジョーはいった。「アルコールのように」ある人々には効いても、べつの人々にとっては命とりになる。ホイットニー症候群なら、過剰摂取かどうかに関係なく、ごく少量でも反応が起きる。病気がすでに潜伏していれば。アルコール依存症患者と同じく、ほんの少量の摂取が決定的な破滅をもたらす。

「気の毒に」とジョーはつぶやいた。

タクシーは縁石に寄って停車した。運転手は意地悪そうな前歯を生やしたビーバーそっくりの生物で、二言三言なにか言葉を発した。ジョーには理解できない言語だったが、マリはうなずき、財布から硬貨を出して料金を支払った。マリとジョーは車を降りて歩道に立った。

「百五十年むかしにタイムスリップしたみたいだな」周囲を見まわして、ジョーはいった。地上車にアーク灯……フランクリン・ルーズベルトが大統領だった時代の地球の光景だとしてもおかしくない。心惹かれると同時に楽しい。気に入った。ただし、ペースはそのころの地球よりずっとゆっくりだ。それに、人口密度も低い――比較的わずかな数の生物が自分の足（またはそれに相当するもの）や車で行き来している。

「怒った理由がわかるでしょ」とマリがジョーの反応を見ていった。「六年も暮らしたプラウマンズ・プラネットを侮辱されたから。でもいま、とうとう――」と身ぶりで示し、「ここに帰ってきた。そして、あのときの行動をくりかえしている。SSAマシンを信じることを」

「ホテルに入って一杯やろう」ジョーは提案した。

ふたりはいっしょに回転ドアをくぐり、ホテル・オリンピアに足を踏み入れた。木の床、木彫りの壁飾り、磨き上げた真鍮製のドアノブや手すり、分厚い赤のカーペット。そして古風なエレベーター。自動式じゃない。係員が操作するタイプの旧式のエレベーターだ。

客室には、化粧台、錆の浮いた鏡、鉄製の寝台、キャンバス地の洒落た日よけなどがしつらえられていた。ジョー・ファーンライトはふかふかの色褪せた椅子にすわり、〈本〉を調べた。

〈ゲーム〉に夢中になっていたのは、そう昔のことではない。そしていまは――〈本〉。ただし、中身がぜんぜん違う。〈本〉を読めば読むほど、それがわかってくる。鼻を埋めるようにしてページをめくるうち、ジョーの心の中で、しだいに英語の完全な文章が組み立てられていった。理解不能の言語のあいだに埋め込まれた断片と断片がつながりはじめたのだ。

「お風呂に入るわ」マリはすでにスーツケースを荷ほどきして、自分のベッドの上に衣類のほとんどを広げていた。「おかしいと思わない、ジョー・ファーンライト？　別々に部屋をとらなきゃいけないなんて。一世紀も昔みたいに」

「そうだね」

しばらくして、マリが部屋に入ってきた。ぴっちりしたパンツをはいているだけで、腰から上はなにも身につけていない。乳房は小さいが、筋肉の繊細なカーブからつんと張り出している。ダンサーの体だ、とジョーは思った。それとも、クロマニヨン人の女。長く実りのない狩猟行に慣れた、機敏で柔軟な狩人。施錠した船のラウンジでたしかめたとおり、贅肉は一グラムもない。あのとき、ぼくはこの体を抱いた。いまは眺めている。でも、ケイトだって、おなじくらいすばらしいプロポーションだった——いまも。そう考えて暗い気分になり、ジョーは〈本〉にもどった。

「もしわたしがキュクロプスでも、寝てみたいと思った？」マリは鼻の上を指さし、「ここに目がひとつだけなのよ。『オデュセイア』に出てくるひとつ目の巨人、ポリュペーモスは、たしか、焼いた杭でそのひとつ目をつぶされた」

「ちょっと聞いて」ジョーは〈本〉を朗読した。「『現在、この星の支配種はグリマングと呼ばれている。この謎めいた巨大な存在は、この星の在来種ではない。数世紀前にこの星に渡ってきて、かつて支配種だったいわゆる〈霧もどき〉が太古に消え去ったあとに残ったいくつかの弱小種にとってかわったのである』」ジョーはマリを手招きした。「『グリマングの力は、しかしながら、一冊の神秘的な書物にはっきり要約されている。伝うるところによれば、その書には過去にあったこと、現在あること、未来に起こることのすべてが記されている』」ジョーはぱたんと本を閉じた。「この本は自分のことに言及してる」

ジョーがすわっている椅子のほうに歩いてくると、マリはかがみこんで〈本〉を読もうとした。「ほかになにが書いてあるか見せて」

「それだけ。英語の部分はそこで終わってる」

ジョーの手から〈本〉をとり、マリはぱらぱらめくりはじめた。眉間にしわが刻まれる。こわばった、険しい表情。「ほら、ここにあなたが出てくるわ、ジョー」とようやくいった。「いったとおりね。名前入りで出てくる」

ジョーは〈本〉を受けとって、急いで読んだ。

ジョゼフ・ファーンライトは、グリマングがカレンドとその〈本〉を敵対者とみなしていることを知る。グリマングはカレンドを永遠に葬り去る計画を練っているといわれるが、その方法は不明。そこから先については、それぞれ違う噂がある。

「ページをめくらせて」マリはつづく数ページに目を通した。表情が暗くなり、ページをめくる手がとまる。「わたしの母語で書いてある」長い長いあいだ、マリはひとつの段落をずっと見つめていた。何度も読み返すにつれて、表情がいっそう厳しくなり、切迫感がつのって硬直してゆく。「グリマングの〈事業〉は」とついに口を開いた。「ヘルズカラ大聖堂をいま一度、乾いた大地に引き揚げること。そしてグリマングはそれに失敗する、と」

「ほかには？」マリの表情からして、ほかにもなにかあるはずだ。

「グリマングに協力するために徴募された人々のほとんどは、〈事業〉が失敗したときに滅ぼされる。いえ、違う」と自分で訂正して、「トゥージク。被害を受ける、もしくは非在にされること。損なわれる、っていうのが近い。彼らは、治療不可能なくらい、永遠に変えられてしまう」

「その一節を、グリマングは知っていると思う？　彼が失敗して、ぼくらが——」

「もちろん知ってるわよ。テキストに書いてある。あなたが朗読した箇所。グリマングはカレンドとその〈本〉を敵対者とみなし、彼らを葬り去る計画を練っている。そのためにヘルズカラを引き揚げる、と」

「そうは書いてない。『その方法は不明。そこから先については、それぞれ違う噂がある』だ」

「でも、その方法がヘルズカラの引き揚げだということは明白でしょ」マリは両手をぎゅっと組み合わせ、部屋の中をうろうろ歩き出した。「自分でいったじゃない。『この本を書いている人々はヘルズカラ引き揚げのことを知っている』って。ふたつの文章をひとつにするだけで、結論が出る。わたしがいったとおり、〈本〉にはなにもかも書いてある。わたしたちの未来も、ヘルズカラとグリマングの未来も。わたしたちの未来は非在、つまり死ぬこと」マリは立ち止まり、必死の表情でこちらを見た。「〈霧もどき〉はそうやって滅びたのよ。彼らはカレンドの〈本〉に挑んだ。スピドルに訊けば教えてくれる。スピドルはいまもそのときのことを噂してるから」

「ホテルにいるほかの連中にも教えてやったほうがいい」

そのとき、ノックの音がした。ドアが開き、ハーパー・ボールドウィンが申し訳なさそうな表情で顔を出した。「お邪魔してすまないが、この本を読んだものでね」といって、カレンドの〈本〉を見せた。「この中にはわれわれ全員のことを書いたくだりがある。三十分後にホテルの会議室に集合するよう、フロントを通じて全員に連絡してもらった」

「わかりました。行きます」とジョーは答えた。そのとなりで、半裸の体を不安にこわばらせたマリ・ヨヘスがうなずいた。

8

三十分後、ホテルの大会議室は、グリマングに呼び寄せられてここに宿泊している知的生命でぎっしり埋まっていた。銀河のあちこちから集まった種属は、ぜんぶで四十種にもおよぶ。多種多様な生物の中には、ジョーが地球で食べたことのある種類もいくつか含まれていたが、ほとんどはいままで見たことのない種属だった。グリマングは、必要とする技能を調達するため、じっさい、ジョーが思っていた以上に多くの星系に手を伸ばしていたらしい。

「心の準備をしておいたほうがいいね」ジョーはマリに耳打ちした。「グリマングが、とうとう完全な姿でここにあらわれるかもしれない。ありのままの実体で」

マリは押し殺した声で、「グリマングの体重は四万トン。ありのままの実体で現われたら、ホテルが崩壊する。この床をぶち抜いて、地下まで落ちてしまう」

「じゃあ、なにかべつの姿で。たとえば、鳥とか」

壇上では、ハーパー・ボールドウィンがマイクの前に立ち、静粛を求めた。「諸君」と切り出し、その言葉は必要とされる数十の言語に自動翻訳され、各出席者のイヤフォンに流れた。

「鶏みたいな?」とマリがたずねた。

「鶏は鳥じゃない。家禽《かきん》だ。庭で飼う。ぼくがいってるのは、大きな翼で空を舞う鳥だよ。アホウドリみたいな」

「グリマングは、種類によって生物に優劣をつけたりしない。いつか、わたしの前に現われたときは……」マリはふと言葉を切った。「いえ、なんでもない」

「諸君、こうして集まってもらったのは」ハーパー・ボールドウィンがつづけた。「この惑星で売られている、一冊の本に関係している。われわれはきょう、その本に遭遇した。もっと前からこの惑星にいる人は、たぶん知っているだろう。だとすれば、すでに中身を読んで、それぞれの言語で――」

ひとりの多脚腹足類が体を起こし、マイクに向かって発言した。「もちろん、〈本〉のことは知っています。宇宙港でスピドルが売っている」

マリが自分のマイクに向かって発言した。「わたしたちの〈本〉は、みなさんのより新しい版なので、まだ読まれていないテキストが含まれているかもしれません」

「われわれは毎日、新しい版を買っています」と腹足類はいった。

「だったら、なにが書いてあるか知っているはずだ」とジョーはいった。「ヘルズカラ引き揚げは失敗し、ぼくたちは死ぬ」

「正確な記述はそうではありません」腹足類が反論した。「〈本〉にいわく、グリマングに雇われた者は、彼らを永遠に変えてしまうような衝撃を受ける」

巨大なトンボが床を離れ、ハーパー・ボールドウィンの演台のほうにさっと飛んでいくと、その肩にとまった。マイクに向かうと、腹足類に反論して、「しかし、ヘルズカラ引き揚げの試みが失敗することをカレンドの〈本〉が予言しているのはまちがいない」

腹足類は体をひっこめ、それにかわって、金属製のフレームに体を支えられた赤っぽいゼリー状の生物が発言を求めた。とてもシャイな性格らしく、体を黒く火照らせて話しはじめた。

「テキストの大意は、大聖堂引き揚げが失敗すると述べているようです。〝述べているようです〟とわたしは申しました。わたしは言語学者で、その技能を買われてグリマング氏にここへ連れてこられました。水底の大聖堂には無数の文書が残っています。鍵となる『〈事業〉は失敗する』という一文は、〈本〉の中に百二十三回出てきます。それぞれの翻訳に目を通した結果、テキストのもっとも適切な翻訳は、『〈事業〉のあとに失敗が来る』であると結論しました。〈事業〉が失敗するというよりも、〈事業〉が失敗につながるのです」

「どう違うのかわからんな」ハーパー・ボールドウィンは眉間にしわを寄せていった。

「ともあれ、われわれにとっていちばん重要なのは、〈事業〉の失敗ではなく、われわれが死ぬか傷つくという箇所だ。〈本〉はつねに正しいのか？　売りつけてきた生物はそういっていたが」

「〈本〉を売ると、販売価格の四〇パーセントが彼らの収入になる。当然、〈本〉の記述は正確だというでしょう」と、赤っぽいゼリー状の種属がいった。

その皮肉にかっとして、ジョーはやにわに立ち上がった。「だとしたら、同じ理屈で宇宙のあらゆる医者を非難できる。患者が病気のときに金を稼いでるんだから、患者が病気になるのは医者の責任だと」

マリはくすくす笑いながらジョーの手をひっぱって席にすわらせた。口もとを手で隠して、「傑作ね。スピドルを弁護した人なんて、きっと、この二百年であなたがはじめてよ。彼らにもとうとう現われたのね――ええっと、容疑者が」

「擁護者」まだ怒りをたぎらせながら、ジョーはうなり声で訂正した。「いま議論しているのはぼくらの命だ。政治討論会や納税者集会で交通網の整備について話し合ってるわけじゃない」

会議室のあちこちで、ひそひそ言葉が交わされている。職人や科学者がそれぞれ仲間同士で議論している。

「動議を提出する」ハーパー・ボールドウィンが声を張り上げた。

「恒久的な組織をつくり、われわれがひとつの団体として行動すること。この組織の代表が、われわれ全員の権利を守るために、グリマングと交渉すること。しかしその前に、本日この会議室に着席もしくは滞空しているわが友人にして同僚たる諸君に対し、そもそもグリマングの〈事業〉に参加するかどうかを決める予備投票を提案したい。われわれはそれを望まないかもしれない。母星にもどりたいと思っているかもしれない。ひきかえすべきかもしれない。この問題について、われわれが全体としてどう考えているかを知りたい。さて、このまま〈事業〉に参加したいと考える者は――」

そのとき、すさまじい轟音が会議室を揺るがし、ハーパー・ボールドウィンの声をかき消した。だれにとっても、話をすることは不可能になった。

グリマングが降臨したのだ。

これが真実の姿に違いない。みずからの耳と目で、ジョーはそう判断した。あらゆる点から見て本物のグリマング、ありのままの姿のグリマングだ。そして、一万台の錆びた廃車を巨大な木匙でかきまわすような音とともに、グリマングは体を持ち上げ、会議室の奥の、一段高くなった演壇に上がった。その体が震え、肉が揺れている。その奥深くから響くうめきが耳に届いた。うめきはしだいに大きく、かん高くなり、ついに金切り声になった。獣だ、とジョーは思った。罠にかかった野生動物。前足の片方を罠にはさまれ、なんとか逃れようとするが、罠の構造があまりにも入り組んでいる……。そして、うめき声と同時に、塩気のある海水、雑魚、水生哺乳類、海藻などなどが大量に吐き出された。会議室は海の咆哮と震動に満たされた。その中心で激しく沸き立つかたまり、それがグリマングだった。

「ホテル側はいい顔をしないだろうな」ジョーは半分声に出していった。なんてことだ――巨大な足がバタバタと激しく動き、のたうつ腕が巨大な残骸のあらゆる場所で暴れている。その巨体全体がぐぐっと隆起したかと思うと、すさまじい咆哮とともに、その下の床を崩壊させた。巨体が視界から消えたあと、会議室のいたるところにその名残りが散らばっていた。ぱっくり口を開けた床の裂け目からは巻きひげのような煙が、おそらく湯気だろうが、しゅうしゅうと音をたてて立ち昇ってくる。しかし、グリマングの姿はなかった。マリが予言したとおり、グリマングは重すぎた。十階下の地下室まで落下してしまった。

ハーパー・ボールドウィンが震える声でマイクに向かっていった。「ど、どうやら、彼と話をするには、下の階へ降りる必要がありそうだ」数体の生物が急いで彼のもとに近づいた。彼はしばらくその言葉に耳を傾けてから、まっすぐ背すじを伸ばしていった。「グリマングは、下の階ではなく、地下室にいるらしい。彼は」興奮したような身ぶりを交えて、「どん底まで落下した」

「こうなると思った」とマリがいった。「グリマングがこの場に現われようとすればね。会議のつづきは、地下室でやることになりそうね」マリとジョーは立ち上がり、エレベーターの前に群れ集うさまざまな生物の中に混じった。
「アホウドリの姿で現われればよかったのに」とジョーはいった。

9

地下一階にたどりついた一行を、グリマングが心のこもった朗々たる挨拶で出迎えた。

「翻訳装置は必要ない。きみたちひとりひとりに、きみたちの言葉を使ってテレパシーで話しかけよう」

地下空間のほとんどはグリマングに占有されていたので、彼らはエレベーターの前から動けなかった。いま、グリマングの体はさっきよりもっと高密度に、もっとコンパクトになっている——が、それでもやはり巨大だった。

ジョーは大きく深呼吸して気持ちを落ち着かせると、「弁償するつもりはあるのか？これだけの大損害をホテルに与えて」

「明朝までに小切手が郵送されるだろう」とグリマング。

「ミスター・ファーンライトは冗談のつもりだったんだ」ハーパー・ボールドウィンが神経質な口調でいった。「弁償云々というのは」

「冗談だって？　十二階建てのビルを十階もぶち抜いて？　死者が出たかもしれないんだ

ぞ。死者百名、重軽傷者多数の大事故でもおかしくない」

「いやいや」グリマングは請け合った。「死者はひとりも出ていない。しかし、きみの疑問はもっともだよ、ミスター・ファーンライト」ジョーは自分の中にグリマングの存在を感じた。内側から脳みそをかきまわしている。心の中のめったに意識しない場所にまで入り込み、踏み荒らしている。なにを探しているんだろう。そう考えたとたん、意識の表面に答えが浮上してきた。

「カレンドの〈本〉に対するきみたちの反応は興味深い」グリマングは全員に話しかけていた。「諸君の中では、ミス・ヨヘスだけが〈本〉のことを知っていた。他のメンバーについては、調べてみる必要がある。一瞬で済む」グリマングの一部がジョーの心から離れていった。

マリはジョーのほうを向いて、「彼にひとつ質問してみる」といってから、静かに深く息を吸った。「グリマング」と鋭い口調でいう。「ひとつ教えて。あなたはもうすぐ死ぬの？」

巨大なかたまりが脈動した。鞭のような四肢を激しく振りながら、「カレンドの〈本〉にそう書いてあるのかね？」とグリマングが訊き返した。「いや、そんなことは書かれていない。もしわたしが死ぬなら、〈本〉にそう書いてあるだろう」

「じゃあ、〈本〉は絶対確実なのね」

「わたしの死が近いと考える理由はない」

「たしかに。質問したのは、知りたいことがあったから。もうわかった」

「気分が落ち込むと、わたしはカレンドの〈本〉のことを考えはじめる。そして、ヘルズカラ引き揚げが失敗するというあの予言は正しく、実際わたしはなにも成し遂げられないのだ、と考える。大聖堂はマーレ・ノストルムの底に永遠にとどまる、と」

「でもそれは、気力がないときの話だろう」とジョーがいった。

「生きとし生けるものには、それぞれ、膨張の期間と収縮の期間がある。きみたち全員と同じく、わたしにも生のリズムがある。わたしはきみたちよりも大きく、きみたちよりも古い。きみたちが束になっても不可能なことが、わたしにはできる。しかし、太陽が傾いて夕暮れが迫り、やがて小さな光が空のあちらこちらに輝きはじめるとき、その光はわたしからはるかに遠い。わたしのいる場所に、光はない。もちろんわたしは、生命や光や活動をつくりだすことができるが、それらは結局、わたし自身の延長でしかない。もちろん、きみたちがここに到着しはじめてからは、事情が変わった。きょう到着したのがいちばん最後のグループだ。ミス・マリ・ヨヘス、ミスター・ファーンライト、ミスター・ボールドウィンらの一行が、この星にやってくる最後のメンバーとなる」

　ぼくらがふたたびこの星を離れることはあるんだろうか、とジョーは思った。地球と、そこでの生活のことを考える。〈ゲーム〉と、はめ殺しの暗い窓がついた居室。小包で届く政府発行の無価値な紙幣《ミッキーマウス・マネー》。ケイト。もう二度とケイトに電話することはないだろう。なぜか、それがわかる。たぶん、マリのせいだ。もしくはもっと大きなこと……グリマングと〈事業〉のせい。

そして、グリマングの落下のことを考えた。十階分の高さを落下して、地下に落ち着いた。それにはなにか意味がある。そう考えて思い当たった。グリマングは自分の体重を知っていたはずだ。マリがいったとおり、どんな床も、彼を支えることはできない。グリマングは故意に落下したのだ。

ありのままの姿をついに目にしたとき、ぼくらが彼を恐れないように。ということは、ほんとうは恐れるべきなのかもしれない。いままで以上に。まさにこれゆえに。

「わたしが怖いかね?」グリマングの思念が届く。

「〈事業〉全体が怖い」とジョーは答えた。「成功の可能性が低すぎる」

「たしかに。これは可能性の問題、統計的な確率の問題だ。成功するかもしれないし、失敗するかもしれない。どうなるか知っているというつもりはない。ただ望むだけだ。未来について、わたしにはなんの確信もない――だれもがそうだ、カレンドを含めて。それがわたしの立場、わたしの意図の土台だよ」

「でも、やってみて失敗したら――」

「失敗がそんなに怖いかね?」グリマングはいった。「いまからひとつ、きみたち自身のことを教えよう。きみたち全員が持っている共通の特質を。きみたちは、何度も何度も失敗をくりかえした結果、失敗が怖くなっている」

だと思った。そういうものだ。

「いまわたしがやろうとしているのは」とグリマングがつづけた。「自分にどれだけの力があるかをたしかめることだ。自分の力の限界、自分が行使しうる能力の限界を決める理論的な方法はだれにもない。わたしの力は大きいが、もちろん限界はある。その実際の上限を調べるには、それが目に見えるかたちであらわれるような仕事に挑むしかない。失敗したとしても、成功した場合と同程度に、わたし自身について知ることができる。わかるかね？　いや、きみたちは、だれひとりわからないだろう。きみたちは麻痺している。だからこそ、ここに来てもらった。自己認識。それこそ、わたしが獲得しようとしているものだ。諸君も同じ。各自が自己を認識することになる」

「もし失敗したら？」とマリがたずねた。

「いずれにせよ、自己認識は得られる」グリマングは、彼らとのあいだに断絶を感じたかのように、困惑した口調でいった。「ほんとうのところは理解していない。そうだな？」と全員に向かっていう。「いずれ理解するだろう、終わるまでには。ともかく、最後までやり遂げようと思う者は」

菌類型の生物がたどたどしく質問した。「こんな段階まで来ても、われわれにはまだ選ぶ権利があるのですか？」

「母星に帰りたいと思う者はだれでも、自由にそうしてかまわない」とグリマングがいった。「帰りの便はわたしが手配しよう——ファーストクラスで。しかし、実際に帰郷した者は——以前のままの生活にもどることになる。そして、じつのところ、きみたちはもう、そういう人生を生きられない。諸君は、ひとり残らず、みずから命を絶つことを計画していた。その途上にあるとき、わたしがきみたちを発見し、接触したのだ。忘れないでくれ。それが、きみたちが背後に残してきたものだ。それを諸君の前途にしてはならない」

気まずい沈黙が流れた。

「わたしは帰る」ハーパー・ボールドウィンがいった。

他の数名が、それに賛同するように彼のそばに移動した。

「あなたは？」マリがジョーにたずねた。

「ぼくが背後に残してきたのは警察だ」ジョーはいった。それに死、と心の中でつけ加える。きみにとって……ぼくら全員にとってと同じく。「いや、ぼくは帰らない。やってみるよ。彼が——ぼくらが——失敗する可能性を引き受ける。グリマングのいうとおりかもしれない。失敗だって価値があるかもしれない。彼がいうとおり、ぼくら自身の限界を教えてくれるからね。自分の境界線を引くことができる」

「煙草をくれたら」マリは不安そうに身震いした。「わたしも残る。どうしようもなく煙草が喫いたいのよ。煙草が喫えたら死んでもいい」

「煙草に命とひきかえにするような値打ちはないよ。どうせなら、この〈事業〉のために死ぬほうがいい。ビルを十階分ぶちぬいて地下まで落ちることになったとしても」

「では、他の諸君は残るわけだな」とグリマングがいった。

「さよう」一体の単弁頭足類がきいきい声で答えた。

ハーパー・ボールドウィンが決まり悪げな口調でいった。「わたしも残ろう。たぶん」

グリマングはいかにも満足げに、「では、はじめよう」

ホテル・オリンピアの前に、オフロード仕様のトラックが何台か待っていた。一台ずつ、専門のドライバーが運転席についている。

長い縄のような尻尾を持つ太った生物が、ふわふわの前肢にクリップボードをしっかり握り、ジョーとマリのほうに近づいてきた。「おふたりはこちらに」といってから、その生物はさらに十一名を選び出した。

「あれはワージュっていう種属」マリはジョーにいった。「わたしたちの運転手。ワージュは反射神経が鋭くて、すごい速度が出せる。ことの数分で岬へ着くわ」

「ものの数分」ジョーは彼女の誤りを半分うわのそらで訂正しながら、トラック後部の長椅子に腰をおろした。

他種属の乗客もどんどん押し込まれてきて、やがてトラックのエンジンがけたたましく息を吹き返した。ジョーはその騒音に閉口し、「どんなタービンを使ってるんだか」と文句をいった。

となりにすわっている親切そうな二枚貝がうめくようにいった。「内燃機関ですね。バンバンバンとずっとガスを燃やしつづける」

「フロンティアか」ジョーは不意に、うずくような歓喜をおぼえた。そう、まさにフロンティアだ。丸太小屋とエイブラハム・リンカーンとダニエル・ブーン、古き良き開拓者の時代にもどったんだ。

トラックが一台ずつ縁石を離れて走り出す。夜の闇の中で黄色く輝くヘッドライトは、発光する異国の蛾の目玉のようだった。

「グリマングはきっと向こうで待ってる」マリはくたびれた声でいった。「彼は瞬間的に移動できる。神経構造の内部で生じる自律的な脈動を利用して、A地点からB地点へ、意思の力だけで瞬時に転移できるのよ」マリは目をこすり、ため息をついた。

お節介な二枚貝がまた発言した。「ミスター・ファーンライト、おとなりの生物の言葉は真実です」マリのほうへ偽足を伸ばし、「ミス・ヨヘス、わたしはシリウス第三惑星出身のヌルブ・ク・オル・ダクと申します。わたしたちはみな、あなたがた一行の到着を待ち望んでいました。というのも、あなたがたがホテル・オリンピアに到着すれば、わたしたち全員が長く待ちつづけてきた仕事に、ついにとりかかれるからです。実際、いまそうなっているわけですが、それに加えて、こうしてあなたさまにお目にかかれたことをうれしく思います。わたしは、珊瑚が付着した物体を見つけ出し、マーレ・ノストルムから引き揚げて、あなたさまの作業場にお届けいたします」

「わたしは技術者で」と、黒光りするキチン質の外骨格に包まれた蜘蛛形生物がいった。「ヌルブ・ク・オル・ダク氏の求めに応じて、引き揚げられた人工物を慎重に管理し、あなたの作業場に運搬する役割を担います」

「待機中に、準備作業はなにもしていなかったの？」とマリがたずねた。

「グリマングが部屋から出してくれませんで」二枚貝が説明した。「わたしたちがしたことはふたつです。ひとつ、ヘルズカラに関するあらゆる資料を読みました。ふたつ、水没した大聖堂を遠隔操作センサーが探査した映像をモニターでひたすら見ました。画面上でなら、数え切れないほど何度もヘルズカラを見ています。しかし、いまやっと、手を触れることが許されるわけです」

「眠れたらいいんだけど」マリは髪を短く切った頭をジョーの肩にあずけ、ぐったり寄りかかった。「着いたら起こして」

蜘蛛形生物がジョーと二枚貝に話しかけた。「この〈事業〉全体が……地球の、ある英雄物語に似ていますね。学生時代、その一部を暗記させられたので、強く印象に残っています」

『ファウスト』のテーマですよ」二枚貝がジョーに説明した。「ファウスト的な存在は上昇志向が強く、けっして満足しない。グリマングはある点ではファウスト的ですが、まったく違う点もある」

触角を活発にこすりあわせながら、蜘蛛形生物はいった。「いえいえ、グリマングはあらゆる点でファウスト的です。少なくとも、ゲーテの描くファウストには非常によく似ている。わたしが読まされたのは、ゲーテの『ファウスト』でした」

妙な話だ、とジョーは思った。キチン質の多脚蜘蛛形生物と、偽足のある大きな二枚貝が、ゲーテの『ファウスト』について異星で議論するとは。地球人の作者がぼくの母星で書いた本なのに、ぼくは読んだことがない。

「難解さの理由のひとつは」蜘蛛形生物がいう。「翻訳のせいです。はるか昔に消滅した言語で書かれていますから」

「ドイツ語ですね」とジョーはいった。少なくとも、それくらいは知っている。

「実は、自分で――」とつぶやきながら、蜘蛛形生物が肩にかけたプラスチック製の工具バッグに前肢を入れ、せわしなくかきまわしはじめた。「まったくもう。なにもかも底に沈むんだから。あった」小さく折り畳んだ紙片をひっぱりだし、ていねいに広げる。「翻訳してみたんです。現代地球語、かつて〝英語〟と呼ばれていた言語に。第二部の見せ場を朗読してさしあげましょう。ファウストが自分の行動をふりかえってじっくり考え、満足する瞬間です。ええと、では、読ませていただいてよろしいでしょうか、ミスター・ファーンライト?」

「もちろん」とジョーは答えた。タイヤが地面のくぼみに落ちたり石に乗り上げたりするたびにトラックがガタガタ揺れ、中の生物たちを右に左に振り回した。マリはすっかり寝ついたらしい。ワージュの運転技術は、マリがいったとおりだった。トラックはすごいスピードで闇の中を突っ走ってゆく。

「『一つの沼地があの山脈ぞいにあり』」蜘蛛形生物はきれいに畳んでしまってあった紙片を読み上げた。「『その毒気で、これまで開拓したものをすっかりそこねている。腐った水たまりのはけ口を作るための最後の仕事が最高の成果だ。わしはいく百万人のために土地を開いて、安全ではなくとも、働いて自由に住めるようにしてやるのだ。野は緑で肥えている。人と家畜がまあたらしい土地に気もちよく、大胆で勤勉な人々の積みあげたたのもしい丘のそばにすぐに移住する。この内部は楽園のような国だ——外では潮がそのふちまで荒れ狂おうとも。そして潮が強引に侵入しようと食いさがると、皆が力を合わせて押しよせ、穴をふさぐ。そうだ！　この——』（高橋健二訳）」

「きみの翻訳は英語らしくないな」熱っぽい朗読を二枚貝がさえぎった。「『人と家畜がまあたらしい土地に気もちよく』とは、文法的には正確だが、そんなしゃべりかたをする地球人はいない」二枚貝は賛同を求めてジョーのほうに偽足を振り、「違いますか、ミスター・ファーンライト?」

人と家畜がまあたらしい土地に気もちよく、か。ジョーは考えた。もちろん、二枚貝の主張は正しい。しかし——

「ぼくは気に入りましたよ」とジョーはいった。

蜘蛛形生物はすっかりご満悦の態で、「しかもこれは、わたしたちとグリマングとこの〈事業〉にじつによくあてはまる！　『この内部は楽園のような国だ。外では潮がそのふちまで荒れ狂おうとも』潮は、生けるものが建設した構造物を浸食するすべてを象徴しています。たとえば、ヘルズカラを包む水。潮は何世紀も昔に勝利をおさめました。しかしいま、グリマングがそれを押しもどそうとしている。『皆が力を合わせて押しよせ、穴をふさぐ』——わたしたちのことです。ゲーテは予知能力者《プレコグ》だったのです。ヘルズカラ引き揚げを予知していた」

トラックが速度を落とした。

「着きましたよ」運転手のワージュがそういってブレーキを踏んだ。トラックはきしむような音をたてて停車し、乗客全員が激しく前につんのめった。マリが身じろぎして目を開くと、うろたえたようにあちこちに視線を走らせた——自分がどこにいるのか、一瞬、寝ぼけてわからなかったらしい。

「着いたよ」といって、ジョーはマリの体を抱き寄せた。いよいよはじまる。病めるときも健やかなるときも。富めるときも貧しきときも。死が二人を分かつまで。奇妙なことに、頭に浮かんだのは結婚の誓いの言葉だった。それでも、なぜかこの場にふさわしい気がした。死は、ぼんやりしたかたちをとって、すぐ近くを漂っている。

ジョーはこわばった筋肉に力を入れて立ち上がり、マリに手を貸して立たせた。他の乗客もギシギシ音をたてながらトラックの後部から降りた。夜気に海のにおいが混じっている……ジョーは大きく息を吸った。もう、すぐ近くだ。海が。大聖堂が。そしてグリマングは、海と大聖堂を分かつことを計画している。ヘルズカラから海を押しもどすのだ。神が光と闇を分けたように。水と陸を分けたように。

ジョーは蜘蛛形生物に向かっていった。「創世記の神も、じつにファウスト的ですね」

マリがうめき声をあげた。「真夜中に神学議論なんて」湿った冷たい空気の中で震えながらあたりを見まわし、「なにも見えない。どこでもない場所のど真ん中ね」

ぼんやりした夜空を背景に、ジオデシック・ドームらしき輪郭が見分けられた。あれだ。すでにほかのトラックも到着していた。停車したトラックから、さまざまな形態の生物がそれぞれ独特の流儀でぞろぞろ降りてくる。降りるのに苦労する者もいて、たとえば、赤みがかったゼリー状の生物は、悪戦苦闘のあげく、凶悪なボウリング用ボールみたいなトゲだらけの生物の助けを借りた。

照明を点灯した大型ホバークラフトが飛来し、じょじょに降下して、やがて彼らの真ん中に着地した。「こんばんは」と、ホバークラフトはいった。「みなさんを作業場所にご案内します。気をつけてご搭乗ください。よろしければ、どうぞ。こんばんは。こんばんは」

こんばんは。心の中でそういいながら、ジョーは他のみんなといっしょに乗船した。

ジオデシック・ドームに入ると、一行は一群の自律ロボットに迎えられた。ジョーは信じられない思いで目をみはった。ロボットとは！

「ロボットは、ここでは違法じゃないのよ」とマリが指摘した。「忘れないで。ここは地球とは違う」

「しかし、人工生命体が存在し得ないことはエドガー・メイハンが証明している。『生命は生命から誕生する。したがって、自己プログラミング機構の建造は……』」

「でも、目の前に二十体くらいいるわよ」

「自律ロボットの建造は不可能だといわれつづけてきたのに。いったいどうして……」

「いまのままでも地球には失業者が多すぎる。だから政府は、ロボットの建造が不可能だと科学的に証明する根拠や論文を捏造した。とはいっても、ロボットはありふれたものじゃない。建造には高度な技術が必要だし、コストもかかる。こんなにたくさんいるなんて、わたしもびっくり。きっとこれが、グリマングの所有するロボットのすべてだと思う。これは――」彼女は言葉を探した。「わたしたちに対する誇示ね。感心させたいのよ」

ロボットの一体がジョーを見つけ、まっすぐ近づいてきた。「ミスター・ファーンライト？」

「ああ」ジョーは周囲を見まわした。廊下、どっしりしたドア、天井に埋め込まれた照明。効率的で、広大で、複雑に入り組んでいる。傷ひとつ見当たらない。建設されたばかり——まだ一度も使われていない。

「お目にかかれて、まことに光栄です」とロボットはいった。「わたしの胸の中央に、〈ウィリス〉という単語がステンシルされていることにお気づきでしょうか。わたしは、その言葉で始まる命令に従うようプログラムされています。たとえば、ご自分の作業場をごらんになりたければ、『ウィリス、わたしの作業場に案内してくれ』とおっしゃってください。そうすれば、喜んでご案内いたします。それがわたしの喜びであり、願わくはあなたさまにとっても喜びでありますように」

「ウィリス」とジョーはいった。「ここにぼくらの居住スペースはあるのかな？　たとえば、ミス・ヨヘスが使える個室は？　彼女は疲れている。睡眠をとる必要がある」

「三部屋あるアパートメントがおふたりのために用意されております。おふたりのプライベートな居住スペースです」

「なんだって？」

「三部屋あるアパートメントが——」

「本物のアパートメント？　部屋じゃなくて？」

「三部屋あるアパートメントです」ウィリスはロボット特有の辛抱強さでくりかえした。

「そこに案内してくれ」

「違います。『ウィリス、案内してくれ』とおっしゃってください」

「ウィリス、案内してくれ」

「かしこまりました、ミスター・ファーンライト」ロボットはふたりを先導し、ロビーを横切ってエレベーターへと案内した。

アパートメントの中をひととおり見てから、ジョーはマリをベッドに寝かせた。マリはたちまち静かに眠りについた。ベッドまで大きかった。なにもかも、造りがしっかりしていて趣味がよく、控え目で、アパートメントそのものも、調度品と同じように大きい。とても信じられない。ジョーはキッチンを調べてから、リビングルームに足を踏み入れ——そしてコーヒー・テーブルの上に、陶器が置いてあるのを見つけた。それがなんなのかは、ひとめでわかった。ヘルズカラの壺。カウチに腰を下ろしてから、手を伸ばし、用心深く持ち上げた。

深い黄色の釉薬。こんなに豊かな黄色は見たことがない。デルフト・タイルの黄色にもまさる——ロイヤル・アルバートの黄色も、これにはかなわない。骨灰磁器《ボーンチャイナ》だろうか。この星には骨層があるのか？　だとしたら、どの程度の割合で骨灰を混ぜているんだろう。

六〇パーセント？　四〇パーセント？　この惑星の骨層は、モラヴィアの人骨層と同じくらい上質なんだろうか。

「ウィリス」

「へい」

『『へい』？』ジョーは不審に思って訊き返した。「どうして『はい』じゃないんだ？」

「地球の歴史をちっとばかりかじったもんでね、ファーンライトの旦那」

「プラウマンズ・プラネットには骨層があるのかい？」

「さあてね、ファーンライトの旦那。あっしにゃあわかりません。なんだったら、ちょっくら中央コンピューテーターにたずねて――」

「正しく話せ。これは命令だ」

「先にウィリスっていわねえと。もし旦那さんがあっしに命令――」

「ウィリス、正しく話せ」

「はい、ミスター・ファーンライト」

「ウィリス、ぼくの作業区まで案内できるか？」

「はい、ミスター・ファーンライト」

「よし、じゃあ案内してくれ」

ロボットは鋼鉄と石綿でできた重いドアを解錠すると、片側に立ち、ジョー・ファーンライトを通した。ドアの向こうは、巨大な暗い部屋だった。ジョーが敷居をまたぐと、頭上の照明がひとりでに点いた。

　部屋のつきあたりには、大きな作業台があった。各種の工具類も完備されている。ウォルドーが三台。ペダルで操作できるぎらつきのない《グレア・フリー》照明装置。直径四十センチ近いレンズを搭載したオートフォーカス式の拡大鏡。あらゆるサイズの熱針。作業台の左には、最新型の保護容器が積んであった。話には聞くが、実物を見るのははじめてだ。近寄って、ひとつ手にとり、試しに落としてみた。容器はふわふわと落下し、なんの衝撃もなく着地した。

　釉薬もある。あらゆる色合い、明度、色調を表示した密閉容器に収めて、一方の壁ぎわに四列に並べてあった。これだけの種類があれば、どんな壺が届こうと、それとそっくりの釉薬を調合できる。

　そしてもうひとつ。そばに歩み寄り、驚嘆の念を抱いてそれを見つめた。無重力エリア。その内部では、目に見えないカウンタースピンのリングによって重力が打ち消されている。壺なおしにとっては究極の装置だ。破片を融かして継ぎ合わせるさい、それぞれが動かないように気を遣う必要がない。この無重力エリア内では、破片は置かれた位置から動かない。これを使えば、いちばん忙しかったころの四倍の仕事をこなせる。破片の位置を合わせる作業も、完璧になる。治しているあいだ、なにひとつ滑ったり、ずれたり、傾いたりする心配がないのだから。

作業場には、窯《キルン》も置かれていた。欠けた破片を複製する必要が生じた場合にはこれが役に立つ。すべての破片がそろっていない壺も、これでもとどおりに修復できる。壺なおしの技術の中でも、おおっぴらに語られることがすくない部分だが、それでも――不可欠な技術なのだ。

これほど設備の整った壺なおし工房を見たのは生まれてはじめてだった。

すでに、壊れた壺がいくつも保護容器に入れて運び込まれ、作業台の端に積み上げられている。いくつかスイッチを入れるだけで、すぐにでも仕事にかかれる。強い誘惑を感じながら、ジョーは熱針の棚に歩み寄り、そのうちの一本を手にとってみた。バランスは申し分ない。最高級品だ。保護容器のひとつを開けて、破片をじっと見下ろした。たちまち好奇心が湧き起こる。熱針を置いて、釉薬とその手ざわりを楽しみながら、壺の破片をひとつずつとりだした。ずんぐりした、低い壺。おかしなかたちだといってもいい。破片を容器にもどし、無重力エリアに運ぼうと、きびすを返した。仕事をはじめたかった。これがぼくの人生だ。まさか自分が、こんなにすばらしい工房を独占して――

そのとき、ジョーは動きをとめた。動物に心臓をかじられたような気がした。貪欲に、楽しげに、ぼくの心臓を貪るもの。

生命そのもののネガのような黒い影が、こちらを向いて立っていた。それは、これまでずっと、ジョーを観察していたのだ。ジョーがまともに向かい合ったいま、それは消えてしまうだろう。ジョーはそう思った。しかし、予想に反して、それは動かなかった。もうしばらく待ってみた。やはり動かない。

「これはなんだ？」ジョーは、作業室の入口に立ったままのロボットにたずねた。

「まず、ウィリス、と呼びかけてください」とロボットはいった。「『ウィリス、これは──』」

「ウィリス、これはなんだ？」

「カレンドです」とロボットは答えた。

10

彼らにとっては生命などなく、ただ生命の粗筋があるだけだ。ジョー・ファーンライトは思った。ぼくらは、彼らの手から手へと渡される一本の糸。するするとたえず動きつづけ、滑りつづけて、しっかり握られることはけっしてない。ぼくら全員がその糸といっしょに、おそろしい墓場までするすると運ばれてゆく。

ジョーはウィリスに対していった。「グリマングと連絡がとれるか？」

「まずウィリスと――」

「ウィリス、グリマングと連絡がとれるか？」部屋の反対側には、カレンドが静かに立っている――といっても、まわりの物音を羽毛で吸収し静謐《せいひつ》をもたらすフクロウとは違って、機械のオーディオ部分が故障しているような、物理的な欠落の静かさだった。ほんとうにそこにいるんだろうか。実体を備えているようには見える。影のような、霧のような、亡霊のような気配はない。たしかにそこにいる。無重力エリアにぼくが破片を置く前から、この作業室に侵入していた。熱針に点火する前から。

「現在、グリマングには連絡できません」とウィリスが答えた。「睡眠中です。いまはそのための時間です。十二時間後には目を覚ましますので、連絡できます。しかしグリマングは、緊急の場合に備えて、多数の自動補助メカニズムを用意しています。そのどれかを起動することをお望みですか？」

「どうすればいいか教えてくれ」とジョーはいった。「ウィリス、とにかくどうすればいいのか教えてくれ」

「カレンドについては——カレンドに関してだれかがなにかしたという記録はいっさい現存しません。この件についてさらに調査することをお望みですか？　わたしが接続可能な、特定のコンピュータがあります。もしかするとそのコンピュータなら、カレンドの性質との関係においてあなたの能力を分析し、新たな相互作用を推論し——」

「カレンドは死ぬのか？」

ロボットは黙っている。

「ウィリス」ジョーはいった。「カレンドを殺すことはできるのか？」

「答えるのが困難な質問です」とロボットはいった。「彼らは、あなたがたが考えるようなふつうの生物ではありません。また、彼らは全員がそっくりの外見をしていますから、問題がさらに複雑になります」

カレンドは、ジョー・ファーンライトの横のテーブルに〈本〉を一冊置いた。彼が手にとるのを待っている。

ジョーは黙って〈本〉を手にとり、しばらくただ持ったままでいたが、やがてしるしがつけられているページを開いた。テキストにはこうあった。

ジョー・ファーンライトが沈んだ大聖堂で発見するものは、彼がグリマングを殺す原因となるだろう。そして、そうすることにより、ヘルズカラの引き揚げは永遠に停止される。

ぼくが大聖堂で発見するもの。水の底、はるか下で。とうのむかしに海底に沈んで、ぼくを待っている……。

できるだけはやく水中に潜ったほうがいい。グリマングは許してくれるだろうか。とくに、ぼくがこれを読んだいまとなっては——たぶん、いまぼくがこうしているあいだにも、グリマングはこれを読んでいる。もちろんグリマングは、テキストが日ごとに成長し、変化し、自己改訂する過程を逐一追っているだろう。一時間ごとに。もし賢明なら、グリマングは先にぼくを殺すだろう。水中に潜る前に。それどころか、いますぐに。

ジョーは立ち上がり、グリマングの暴力に襲われるのを待ち受けた。

だが、なにも起こらない。そうだ、とジョーは思い出した。いま、グリマングは眠ってるんだった。

考えてみると、やっぱり行くべきじゃないかもしれない。グリマングはどうすることを推奨するだろう。それしだいで決まるかもしれない。海に潜って沈んだ大聖堂を調べることをグリマングが求めたら、ぼくはそうする。求めないなら、潜らない。妙だな。ぼくの最初の反応が、水中に潜りたいというものだったのは。まるで、発見が――グリマングもろとも、大聖堂引き揚げ計画をほろぼしてしまう発見が――待ちきれないみたいに。あまのじゃくな反応だ。無意識の抑制に生じたほつれ。もしかしたら、この一件で、自分の中の、いままで知らなかったなにかを知ることになるかもしれない。カレンドと〈本〉によって呼び覚まされたなにか。カレンドたちはそれをぼくの中で目覚めさせた。それが彼らの行動原理だ。こういうやりかたで、彼らは予言を現実にする。

「ウィリス、ヘルズカラにはどうやって行く？」

「ダイビング・スーツとマスクを着用するか、またはプロレプシス潜水球を使います」

「ぼくを連れていけるか？　ええと、ウィリス――」

「少々お待ちを。あなた宛てに通信が入っています。〔公式通信です」ロボットはしばらく黙り込み、それからまた口を開いて、「ミス・ヒルダ・レイス、グリマングの個人秘書からです。あなたと話したいそうです」ロボットの胸がぱたんと開き、トレイに載った電話器が出てきた。「受話器をおとりください」

ジョーは受話器をとった。

「ミスター・ファーンライト？」如才ない、有能そうな女性の声がいった。「グリマング氏からの緊急要請です。現在、グリマング氏は就寝中ですが、氏はあなたがいまは大聖堂に潜らないことを望んでいます。だれかが同行できる機会を待ってほしいとのことです」

「〝要請〟といったけど、実際は命令だと考えるべきなのかな？　海中に潜るなと命令している？」

「グリマング氏の指示はすべて要請のかたちをとります。命令はなさいません。要請するだけです」

「つまり、実際は命令だ」

「ご理解いただけたようですね」とミス・レイス。「明日、グリマング氏から連絡がありますので。ではこれで」カチリと音がして電話は切れた。

「命令された」とジョーはいった。

「そのとおりです」ロボットのウィリスが同意した。「ミス・レイスが賢明に指摘したとおり、グリマングは万事そういうやりかたで処理します」

「しかし、もしぼくが潜ろうとしたら――」

「不可能です」ロボットはにべもなくいった。

「可能だとも。ぼくは潜れる。くびになるだけだ」

「あなたは潜れます」とロボットはいった。「殺されるだけです」

「殺される？　ウィリス、どんな方法で、だれに殺されるんだ？」不安と怒りが湧き上がってくる。そのふたつの感情のめったにない融合が彼の迷走神経を揺さぶった。呼吸と、蠕動と、搏動――すべてが劇的に変化する。「だれに殺されるんだ？」ジョーは食ってかかった。

「まずウィリスと――ああ、めんどくさい」とロボット。「いいですよ、もう。多数の凶暴な生命体に殺されます。さまざまな事故によって命を落とします」

「だが、この種の仕事に危険はつきものだ」

「そうともいえるでしょう。しかし、この種の要請を無視すると――」

「ぼくは潜る」

「水中では、おそろしい衰退に出くわしますよ。想像を絶する衰退。ヘルズカラが沈む水中世界は死んだものの場所、すべてが朽ち果て、絶望と荒廃に向かって墜ちてゆく場所です。だからグリマングは大聖堂を引き揚げようとしているのです。ヘルズカラが水中にあることに耐えられないから。あなたにも耐えられません。グリマングがいっしょに潜るときまで待ちなさい。ほんの二、三日です。潜ることは忘れて、作業室で壺を治すんです。グリマングは〝水中亜世界《アクアティック・サブワールド》〟と呼んでいますが、たしかにそこは、わたしたちの世界と完全に切り離されている、独立したひとつの世界です。独自の腐敗した法則に支配され、その法則のもとではあらゆるものが堕落して塵芥《じんかい》と化すのです。無慈悲なエントロピーの力によってのみ支配される世界。そこでは、グリマングのような強大なパワーを持つ存在でさえも朽ち果て、ついには力を失うのです。そこは海の墓場。大聖堂が引き揚げられないかぎり、われわれ全員がそれに殺されるでしょう」

「そこまでひどいなんてありえない」といったものの、恐怖が心の奥底でうごめき、体内にわだかまるのを感じた。一部は、自分自身の言葉の空虚さが生み出した恐怖だった。

ロボットは謎めいた表情でジョーを見ていたが、その複雑な感情がしだいに軽蔑へ変わっていった。

「きみがロボットだということを考えると」とジョーはいった。「この件にどうしてそんなに感情的になるのか、理解できないな。命を持たないのに」

「たとえ人工の存在といえども、構造物である以上、エントロピーの増大を楽しむ者はいません。万物にとってエントロピー増大は究極の運命であり、万物がそれに抵抗するのです」

「そしてグリマングは、エントロピー増大のプロセスを停止させたいと思っているわけか。でもそれが万物にとって究極の運命なら、グリマングにそれを止めることはできない。彼の命運はつきている。グリマングは失敗し、エントロピー増大のプロセスは止まらない」

「水中で作用する力は、唯一、衰退のプロセスだけです。しかしこの地上では――大聖堂が引き揚げられれば——衰退の方向に進まない、べつの種類の力があります。是認と修復の力。建設と創造と造形の力——あなたの場合なら、治しの力があります。だからこそあなたは、これほどまでに必要とされているのです。持ち前の能力と仕事によって、衰退のプロセスに打ち勝つのは、あなたやあなたのような人々です。おわかりですか？」

「ぼくは潜りたい」

「どうぞご勝手《スーツ・ユアセルフ》に。文字どおりの意味です。ダイビング・スーツを着て、夜のマーレ・ノストルムにひとりで降りていきなさい。衰退の亜世界に降下して、自分の目で見てきなさい。マーレ・ノストルムに浮かぶ海上基地のひとつにご案内します。そこから潜行できます——わたし抜きで」

「ありがとう」皮肉に聞こえるようにいったつもりだったが、実際に口をついたのは弱々しい吐息のような言葉だったし、ロボットは言外の意味に気づいたようすもなかった。

　海上基地というのは、密閉されたドームの内部にあるプラットフォームだった。ぜんぶで三基あり、それぞれ、フル装備の生命体が集合してもじゅうぶんな広さがある。ジョーはその構造物の大きさを専門家の目で評価した。ロボットの労働力を使って、ごく最近、建設したものだ。ドームは真新しく見えるし、実際そのとおりだろう。この施設は、ジョーをはじめとする一行のために用意され、彼らが作業に着手するまで使用されることはない。この惑星では、地球と違って、空間は貴重ではない。ドームは好きなだけ大きくできるし……グリマングは当然、大きくすることを望んだのだろう。

「やっぱり、ぼくといっしょに潜る気はないかい?」ジョーはロボットのウィリスにいった。

「ぜったいに」

「潜水具を見せてくれ。それと、使いかたを教えてほしい。知っておくべきことすべて」

「最低限必要なことを――」といいかけて、ロボットは口をつぐんだ。いちばん大きなドームの屋根に向かって、小型エアシップが降下してくる。ウィリスはそれをじっと見つめながら、「グリマングにしては小さすぎる」とつぶやいた。「もっと体の貧弱な、すなわちもっと下等な生命体に違いない」

エアシップがドームの屋根に着地した。静止してから、ハッチが開く。船首から船尾まで、見るからにタクシーという外見だ。そのタクシーから現われたのは、マリ・ヨヘスだった。

彼女はエレベーターで降りてくると、ジョーとロボットのところにまっすぐやってきた。

「グリマングから連絡があったの」と彼女はいった。「あなたがひとりで潜るつもりだから、同行してほしいと。あなたひとりで乗り切れるかどうかに――つまり、あなたが亜世界の体験に肉体的に耐えられるかどうかに――不安があるって」

「で、きみなら乗り切れると、グリマングは思っているわけか」

「ふたりでいっしょに行けば、おたがいを頼りにできる――そうすればたぶん乗り切れると思っているのよ。それに、潜水に関しては、わたしのほうがあなたより経験がある、くらべものにならないくらい」

「ミセス・レイディ」とウィリスが口をはさんだ。「グリマングは、わたしも海中に潜るようにいっていましたか？」

「あなたのことには触れてなかった」マリは短く答えた。

「それならよかった」ウィリスは憂鬱そうな顔をした。「下は嫌いなんです」

「でも、すぐに変わる。なにもかも変わるのよ。もう〝下〟はなくなる。上の、この世界だけになる。ほかの法則が働く世界だけに」

「〝二十日鼠と人間の、このうえなく入念な計画〟というやつですね」ロボットは冷ややかな懐疑の口調でいった。

「潜水具をつけるのに手を貸してくれ」とジョーはいった。

「水中亜世界は、アマリタが忘れ去った世界です」

「だれだい、アマリタって？」

「神よ」とマリがいった。「大聖堂はアマリタのために建てられたの。ヘルズカラに祀られていた神。大聖堂が復元されたら、グリマングはアマリタに祈ることができる。大聖堂を水没させた大災厄が襲う以前の時代のように。アマリタはボレルに敗れた――一時的な敗北だけど、大きな敗北だった。ベルトルト・ブレヒトの『溺れた少女』っていう地球の詩を思い出すわ。ええと、わたしの記憶では、こんな内容だった……〝神は少女を少しずつ忘れた。最初は両腕、それから両足と胴体、そしてとうとう、少女は──〟」

「アマリタというのはどういう神なんだ？」とジョーはたずねた。そんな神の話は初耳だが、考えてみれば、いままで気にしていなかったほうがおかしい。そもそも大聖堂は祈りのための場所であり、祈る対象となるだれか、もしくはなにかが不可欠だ。「それについて、なにかもっと知っていることは？」

「わたしなら、じゅうぶんな説明が可能です」ロボットがむっとしたような口調でいった。マリがウィリスに向かって、「アマリタがグリマングを操って大聖堂を引き揚げさせようとしているのかもしれないという可能性を考えたことはないの？　この惑星にアマリタ信仰を復活させるために」

「ううむ」ロボットはいらだたしげにうなった。考え込むウィリスの頭の中でブーンカチカチと歯車が回る音が聞こえるような気がした。「ともかく」とだしぬけに口を開き、「あなたは二柱の神について質問されました、ミスター・サー。しかしながら、今回もまた、あなたはうっかりして、まずウィリスと呼びかけることを──」

「ウィリス」とジョーはいった。「アマリタとボレルのことを教えてくれ。彼らはいつから、いくつの惑星で信仰されてきたのか。その信仰がどこではじまったのかも」

「このパンフレットに、そうしたことが詳しく書いてあります」ロボットは胸ポケットに手を入れて、謄写版印刷の小冊子をとりだした。「わたしが余暇を利用して書いたものですが、さしつかえなければ、これを朗読させていただきます。そうすれば、記憶スプールに余計な負荷をかけずにすみますから。さて、まずはじめに、アマリタだけが存在していました。地球時間でおよそ五万年前のことです。それから、神格化の発作により、アマリタはとつぜん、性的欲望を抱きました。しかし、性欲の対象となるものがありませんでした。愛を感じたのに愛する相手がなく、憎しみを感じたのに憎む相手がなかったのです」

「無関心《アパシー》を感じたのに、アパシーを抱く相手がなかった」マリがなんの感情も込めずにいった。彼女にはなんの関心もない問題のようだった。

「まず性欲から話をはじめましょう」とロボットはいった。「よく知られているとおり、さまざまな性愛の中でもっとも大きな快楽をもたらすのは、近親相姦です。というのも、近親相姦は、宇宙のどこへ行っても、根本的な禁忌とされているからです。禁忌が大きければ大きいほど、性的興奮も大きくなります。そこで、アマリタは妹のボレルを創造しました。近親相姦の次に刺激的な性愛は、忌むべき邪悪なものに対する愛です。いやでたまらない、嫌悪すべき相手を愛してしまうこと。そこでアマリタは、妹のボレルを邪悪なものにしました。するとボレルは、たちまちのうちに、アマリタが数世紀かけて築いてきたものを片端から壊しはじめたのです」

「たとえば、ヘルズカラとか」とマリはつぶやいた。

「そのとおりです、ミセス・レイディ」とロボットがうなずく。「さて、性愛にとって三番めに強い刺激は、自分より強い者を愛することです。そこでアマリタは、みずからの宝物を次々に壊せる力を妹に与えたのです。アマリタは途中で介入しようしましたが、このときにはもう、ボレルは強くなりすぎていました。アマリタが意図したとおりに。そして、最後の要素――非倫理的かつ暴力的な法則が支配するレベルにまで降りてくることを強いる恋愛対象。わたしたちがここでヘルズカラ引き揚げに関わっているのはこのためです。あなたがたは、ひとり残らず、アマリタの法則が働かない水中亜世界へと降りてゆくことになります。グリマング自身も、ボレルが戯画化した現実に支配される水中亜世界に潜ることを余儀なくされるでしょう」

「ぼくはグリマングを神だと思っていた。あの強大な力ゆえに」

「神なら、ビルを十階分ぶち抜いて地下まで転落したりしませんよ」

「たしかに」とジョーは認めた。

「神の条件の第一は、不死性です」とロボット。「アマリタとボレルは不死性を備えていますが、グリマングは違います。第二の条件は――」

「他のふたつの条件はわかる」マリが割り込んだ。「無限の力と、無限の知識ね」

「では、わたしのパンフレットをお読みになったんですね」

「まさか《クライスト》」マリは吐き捨てるようにいった。

「いま、キリストに言及されましたが」とロボット。「彼は興味深い神です。というのも、キリストは、限られた力と部分的な知識しか持ち合わせていないうえに、不死でさえなかった。ひとつも条件を満たしていません」

「だったらどうしてキリスト教が生まれた？」とジョーがたずねた。

「キリスト教が生まれたのは、キリストがなしたことゆえです。キリストは人々を慈しんだのです。〝慈しみ〟は、ギリシャ語のアガペーやラテン語のカリタスの本来の意味です。キリストは徒手空拳です。彼には、だれも救えません。自分自身さえも救えなかった。しかし、他者への気遣い、他者の尊重によって、彼は超越を――」

「話はもういいから、パンフレットをちょうだい」マリはうんざりしたようにいった。

「ひまなときに読むわ。いまは潜るのが先決。ミスター・ファーンライトがいったとおり、潜水具をつけるのを手伝ってちょうだい」

「ベータ12にも似たような神が存在します。この神は、その惑星の生物が死ぬたびに、死ぬことを学びます。彼らのかわりに死ぬことはできませんが、彼らとともに死ぬことはできます。そして、新たな生命が生まれるたびに復活するのです。つまり、ベータ12の神は、数え切れないほど何度も死と復活をくりかえしています。それに対して、キリストはたった一度しか死んでいません。このことも、わたしのパンフレットに書かれています。わたしのパンフレットにはすべてが記されています」

「だとしたら、きみはカレンドだ」

ロボットはジョーを見つめた。長いあいだ、念入りに。黙ったまま。

「そして、きみのパンフレットは、カレンドの〈本〉だ」

「ちょっと違いますね」ロボットはようやくいった。

「どういう意味？」マリが鋭く問いかけた。

「わたしは、カレンドの〈本〉を参照しながら、さまざまなパンフレットを書いているという意味です」

「なんのために？」

ロボットはちょっと口ごもり、「いつか、作家になるのが夢なんです」

「潜水具を」マリがぐったり疲れた声でいった。

ジョーの心に、奇妙な、とりとめのない思いが浮かんだ。キリストに関する議論のせいかもしれない。

「慈しみ、か」ジョーはロボットの言葉を声に出してくりかえした。「きみのいうことがわかる気がする。以前ぼくも、地球で妙な経験をしたことがある。ほんの小さなことなんだけど。食器棚からカップをとったときのことだ。ほとんど使ったことがないカップでね。出してみると、中に一匹の小さな蜘蛛が入っていた。蜘蛛の死骸が。食べるものがなにもなくて死んでしまった蜘蛛。たまたまカップの中に落ちて、外に出られなかったらしい。でも、この話のポイントはそこじゃない。その蜘蛛が、カップの底に巣を張っていたということなんだ。状況を考えると、せいいっぱいがんばって張った巣だったと思う。それを見つけたとき——カップの底で死んでいる蜘蛛と、貧弱でみすぼらしい、絶望的な巣を見たとき——思ったんだ。この蜘蛛にはそもそも生き延びるチャンスなんかなかったのに、って。永遠に待ちつづけても、蠅一匹、巣にかかることはありえない。蜘蛛は待ちつづけた挙げ句、死んでしまった。この状況下でできるだけのことをしようと必死に努力したけれど、蜘蛛に望みはなかった。いつも思うんだよ、あの蜘蛛は望みがないことを知っていただろうか、って。無駄だと知りながら巣を張ったんだろうか」

「生命の小さな悲劇ですね」ロボットがいった。「毎日、だれにも気づかれずに、何十億ものそんな悲劇が起きています。ただし、神だけはそれに気づいている。すくなくとも、わたしのパンフレットにはそう書いてあります」

「でも、きみがいいたいことはわかったよ。慈しみ。思いやり。気遣い。気がかりというほうが近いな。ぼくは、あの蜘蛛のことが気になった。気がかりだった。カリタス。それとも、ギリシャ語で——」言葉が思い出せない。

「そろそろ潜らない？」マリがいった。

「いいとも」とジョーは答えた。マリが理解していないことは明らかだ。しかし、奇妙なことに、ロボットは理解している。不思議な話だ。マリは理解してくれないのに、どうしてロボットにはわかるんだろう。もしかしたら、カリタスは知性の要素のひとつかもしれない、とジョーは思った。最初からずっとまちがっていたのかもしれない。カリタスは感情ではなく、大脳皮質の高度な活動のひとつ、環境のなにかを知覚する——ウィリスの言葉を借りれば、それに気づいて慈しみ、思いやる——能力なのだ。認知《コグニション》。それだ。感情と思考の二項対立ではない。認知は認知。

ジョーは声に出していった。「きみのパンフレットを一冊もらえるかな?」

「十セントになります」ロボットはパンフレットを差し出した。

ジョーは厚紙製ダイムを一枚、ポケットからとりだして、ロボットに手渡した。それからマリに向かっていった。「さあ、潜ろう」

11

ロボットがスイッチに触れた。壁のスライディングドアが開き、潜水装備フルセットをおさめた収納庫が現われた。酸素マスク、潜水用足びれ、合成樹脂製のダイビング・スーツ、防水光源、ウェイト、金てこ、石弓、酸素とヘリウムをつめたタンク――すべてそろっている。ジョーには判別のつかない道具もたくさんあった。

「深海潜水ははじめてということですから」とロボットはいった。「潜水球で潜ることをおすすめします。しかし、スーツでとおっしゃるなら――」ロボットは肩をすくめた。

「無理にとはいいません。ご自身でご判断ください」

「わたしにはじゅうぶんな経験がある」マリはぶっきらぼうにいって、収納庫からギアを出しはじめた。たちまち、目の前に大量の潜水具が整然と積みあげられた。「わたしと同じものをとって」とジョーに指示する。「わたしと同じ順序、同じ要領で身に着けて」

ダイビング・スーツを着用したふたりは、ウィリスの先導で潜水室まで歩いた。

「そのうちいつか」ハンドドルを手でまわして、潜水室の床にある大きなプラグ弁を開けながら、ロボットがいった。「深海潜水に関する小冊子を書くつもりです。一般に、地下の神々の世界は大地の底にあるとされています――あらゆる宗教でそう思われています。しかし、実際は海の中なのです。海こそが――」ロボットは巨大なプラグを抜いた。「本物の原始の世界です。あらゆる生命は、十億年前、海から誕生した。ミスター・ファーンライト、あなたの惑星でも、同様の誤謬が多くの宗教に見つかります。たとえば、ギリシャ神話の女神デメテルとその娘コーレは、ともに大地から誕生しました」

マリがジョーに向かっていった。「ギアの酸素供給に不具合が生じたときのために、ベルトに非常装置がついている。空気がなくなったり、チューブがゆるんだり破裂したり、タンクが空になったりしたら、ベルトのプランジャーを押して」マリは自分のベルトにつけられた装置を指さした。「すぐに代謝が落ちて、酸素消費量が最小限になる。そうすれば、酸素供給量の低下によって生じる脳の損傷や生理的な後遺症の心配なく、海面に浮上できる。海面に出たときは、もちろん意識を失っているけれど、マスクが自動的に空気を感知してとりいれる設計になっている。そこから先は、わたしが連れもどしてあげる」

「『わたしは行かねばならない』」ジョーは思い出しながら引用した。「『水仙と百合の揺れる墓へ』」

ロボットがそのあとを受けて、「『眠る土の下に埋葬された寄る辺なき牧神《ファウヌス》を喜ばせよう』わたしのお気に入りの詩です。イェイツですよね（ウィリアム・バトラー・イェイツ「幸福な羊飼いの歌」より）。いまから墓へ降りてゆくような気がしませんか、ミスター・サー？　前に立っているのは死だと思いませんか？　潜ることは死ぬことだと思いませんか？　二十五語以内で答えなさい」

「カレンドに予言されているからね」ジョーは暗い声でいった。「ぼくがヘルズカラで見つけるもののせいで、ぼくはグリマングを殺すことになる。だから、たしかにぼくは、死の中へ赴こうとしている。ぼくの死じゃないかもしれないけど、たぶんほかのだれかの死の中へ。そしてその行為が、ヘルズカラ引き揚げを永遠に停止させる」残酷なことに、それらの言葉はいつも心の表面にあり、いつでも手が届いた。それが沈んで視界から消えてしまうには、長い長い時間がかかるだろう。もしかしたら、そんなときは永遠に来ないかもしれない。聖痕がぼくに刻まれ、この先一生、それを背負ってゆく。

「幸運のお守りをさしあげましょう」ロボットはまた胸ポケットをかきまわし、小さな袋をとりだすと、ジョーに手渡した。「アマリタの純粋と崇高を表わすしるしです。いわば、象徴ですね」

「それが魔を祓《はら》ってくれる？」

「そうではなくて、『ウィリス、それが――』」

「ウィリス、このお守りは海の底で力になってくれるのかい？」

ややあって、ロボットは答えた。「いいえ」

「それならどうして、彼にあげたの？」マリが辛辣にいった。

「それは――」ロボットは口ごもった。「いえ、いいんです」それから、ロボットは自分の殻に閉じこもってしまったように見えた。黙り込み、ぼんやりと不活発になっている。

「わたしのうしろについて」マリはいいながら、自分のベルトからジョーのベルトへロープをとりつけた。「七メートルの余裕がある。それだけあればじゅうぶんなはず。離ればなれになってしまう危険はおかせない。二度と見つからない可能性もあるから」

ロボットは黙ったまま、ジョーに保護容器をひとつ手渡した。

「どうするんだい？」

「たぶん、壊れた壺がひとつふたつ見つかるでしょう。破片を持ち帰りたいと思うかもしれませんから」

マリは、床のハッチに猫のように静かに歩み寄っていた。「行きましょう」ヘリウムライトのスイッチを入れ、ジョーを一瞥したかと思うと、海中にダイブして姿を消した。ジョーのベルトにつながれた七メートルのロープがぴんと張った。ロープにずるずるひっぱられて、ジョーは考える間もなく、開いたハッチからどぼんと海に飛び込んだ。受動的に。

頭上のハッチから洩れる明かりがしだいに薄れてゆく。ジョーは自分のライトのスイッチを入れ、ロープにひっぱられるまま、下へ下へと降下していった。水中は漆黒の闇だった。例外は、ライトがぼんやり照らす非現実的な四分円だけ。それと、ずっと下のほうで、まるで燐光性の深海魚のようにマリのライトが輝いている。

「だいじょうぶ？」耳の中でマリの声が響き、びくっとしたが、双方向無線がつながっていることに気づいた。

「だいじょうぶだ」

さまざまな種類の魚が、ライトに照らされた四分円の中を華やかに、無関心に泳ぎ過ぎては、暗い虚無へと消えてゆく。

「まったくもう、あのおしゃべりロボットときたら」マリが容赦なく罵倒した。「勘弁して。たっぷり二十分はあのおしゃべりにつぶされたわね」

でもいま、ぼくらはここにいる、とジョーは思った。マーレ・ノストルムの水中を、螺旋を描くように下へ下へと降りている。

この宇宙に、神学好きのロボットが何体いるんだろう。ウィリスだけかもしれない……海中に潜る試みを長広舌によって妨害するため、グリマングがあそこに配置したのか。

スーツのヒーターがオンになり、ジョーは海の冷たさが去ってゆくのを感じた。ありがたい。

「ジョー・ファーンライト」マリの声がふたたび耳に響く。「ねえ、こんな可能性を考えなかった？　もしかして、わたしがこうやっていっしょに潜っているのは、あなたを殺すためにグリマングに差し向けられたからじゃないか、って。グリマングはあの予言を知っている。だとしたら、あなたを殺そうとするのが当然じゃない？　その可能性を、ぜんぜん考えなかった？」

じつのところ、まったく考えていなかった。いま、その可能性を考えてみると、ふたたび海の冷たさがもどってきて、体をぎゅっと締めつけるような気がした。意気阻喪させる寒さが、股間や心臓を鷲摑みにする——内側から凍りつくような感覚。怯えて身動きできない、無防備な小さい生きものになったような気分。恐怖によって、人間だという自覚が奪われてしまう。これは人間の抱く恐怖じゃない。小動物の恐怖だ。はるかな過去の自分に退化したように体が縮んでしまう。彼の人格が、彼の存在の現在が抹消されてしまった。神さま。ぼくは数百万年前から存在する恐怖を感じています。

「それとも」とマリが指摘した。「カレンドがあなたに見せたテキストは、あなたのために用意された偽物かもしれない。あなただけが読むようにつくられた一冊」

ジョーはかすれた声でいった。「カレンドと新しいテキストのことはどうやって知った？」

「グリマングに聞いたのよ」

「じゃあ、彼は、ぼくが読んだのと同じものを読んでいる。あの〈本〉は、ぼくのためにつくられた偽物じゃない。もし偽物だったら、きみはここにいないよ」

マリは笑っただけでなにもいわなかった。ふたりは螺旋を描きながらなおも降下していった。

「つまり、ぼくの考えは正しいというわけだ」

ジョーのライトが照らす四分円の中で、なにかが黄色く光った。輪郭がくっきりした、石化した殻のようなもの。ジョーの右側で、マリのライトがそれのもう一本の椎骨《ついこつ》を照らした。大きい……生きとし生けるものすべてを乗せるために建造された方舟のように。そしてその方舟は、マーレ・ノストルムの海底に沈んでしまった。永遠に。失敗した方舟。

「あれはなに？」ジョーはマリにたずねた。

「骸骨」

「なんの？」ライトを動かして可能なかぎり広い範囲を照らしながら、ジョーはそちらに近づいた。同時にマリも同じ方向に泳ぎ出した。

そのとき、マリがひょいと浮き上がり、ジョーのほうに顔を寄せてきた。彼女の酸素マスクの透明プラスチック越しにその顔が見えた。マリは口を開き、まさかここでこんなものに出会うとは思ってもいなかったという口調で、静かにいった。

「グリマングよ。はるか昔に死んだ、古代の、忘れられたグリマングの骸骨。珊瑚がびっしりこびりついている。ここに沈んでから、すくなくとも一世紀は経つわね。なんとまあ」

「つまり、これがここに沈んでいることを知らなかったと？」

「グリマングは知っていたかもしれないけど、わたしは知らなかった。でも――」マリは口ごもった。「これは──黒《ブラック》グリマングだと思う」

「なんだ、それは?」不安が急速に大きくなって心をいっぱいに満たし、圧倒的な恐怖に変わった。

「言葉で説明するのはほとんど不可能」とマリ。「反物質と似たようなものね。それについて語ることはできても、その言葉が意味するものを具体的に思い浮かべることはできない。グリマングという種属が存在する一方で、ブラック・グリマングという種属が存在する。かならず、一対一の割合で。個々のグリマングには、かならずそれに対応する暗黒のドッペルゲンガーがいる。それがブラック・グリマング。グリマングはその一生のうちに、遅かれ早かれ、いつかは自分の黒い分身を殺さなければならない。でなければ、こちらが向こうに殺される」

「どうして?」

「そういうものだからよ。『どうして石なんだ?』とたずねても、『石だから』としか答えようがないでしょ。わかる? 彼らはそんなふうに進化したの。この奇妙な対応関係を基盤にして。グリマングとブラック・グリマングは、相互排他的な、敵対的な存在なの。なんなら、性質といってもいい。そう、性質ね。化学結合する物質の性質みたいなもの。ブラック・グリマングは、厳密な意味では生きてないのよ。でも、生化学的に不活性というわけでもない。いわば、異常形成された結晶で、形態を壊すような原理に動かされている。自分と対になる特定のグリマングに関して屈性を持つ。これは、グリマングにかぎった話じゃないという人もいる。もしくは——」そのとき、マリはまっすぐ前を見つめて口をつぐんだ。「だめ。まさかそんな。これはだめ。早すぎる。はじめてなのに」

ほつれた糸がからまるぼろぼろの布のようなものが、黒い水流に押されてゆらゆらとこちらに漂ってくる。それは、どことなく人間に似ていた。遠い昔には、たくましい二本の足で直立していたのに、いまは腰から上が折れ曲がり、足は骨を抜かれたようにぶらぶらになっている。見守るうちに、それはどんどん近づいてきた。目が離せない。というのも、それはどうにかしてジョーに近づきたいと思っているように見えたからだ。動きは不器用で、近づくペースは遅い。それでも、前進をつづけている。いま、その顔が見分けられた。

そしてジョーは、自分の世界が崩壊するのを感じた。

「あなたの死体」とマリがいった。「理解しなきゃいけない。地上と違って、ここでは時間の流れが——」

「盲目だ。ほら、目が——両目とも——腐り落ちてる。眼球がない。ぼくが見えるのかな?」

「あなたに気づいている。あれの望みは——」マリは口ごもった。

「なにが望みなんだ?」ジョーは怒鳴り声でたずねた。マリは身震いして、

「あなたと話をすること」といってから、それきり貝のように口を閉ざした。なにもせず、

ただ見守るだけ。ジョーに加勢することも、腐った死体に加勢することもない。まるでどこかにひっこんでしまい、ここには存在しないみたいに。ぼくはひとりぼっちでこれと向かい合わなければならない……。

「どうすればいい？」とマリにたずねた。

「とにかく――」といってから、マリはまた黙り込んだ。それから、唐突にいった。「あれがいうことを聞かないで」

「しゃべれるのか？」ジョーはぎょっとして訊き返した。いま見ているものなら、ぎりぎり受け入れられる。自分の死体を目にしても、正気を保つことはできた。しかし、そこから先は信じられない。これは現実じゃない。正気の沙汰じゃない。もし現実だとしたら、なんらかの水中生物がジョーの姿を見て、その体をプラスチックのように変形させ、ジョーそっくりに擬態したのだろう。

「あれはあなたに、立ち去れというはずよ」とマリ。「この海から、この惑星から立ち去れと。ヘルズカラに二度と近づくな、グリマングの望みとグリマングの計画に二度と関わるな、と。ほら、もうなにか言葉を発しかけている」

顔の下半分の腐敗した肉がうごめき、不揃いな歯が見えた。そして、かつて口だった空洞からノイズが洩れた。はるか彼方にある太い海底ケーブルを伝ってくるような、太鼓の響き。全長五百キロにもおよぶ、ずっしり重くて密度の高い、操るのがたいへんな代物。

それでもなお、それは努力をやめなかった。太鼓の音がつづく。死体はジョーのすぐ前にやってくると、のろのろと回転し、浮き沈みしながら、ようやくひとつの単語を発した。「残れ」と、それはいった。口にあたる空洞が大きく開く。小さな魚が一匹、その中に入って姿を消したかと思うと、またすいすいと泳ぎ出てきた。「つづけろ。仕事。引き揚げろ。ヘルズカラ」

「まだ生きているのか？」ジョーは自分の死体にたずねた。

「ここでは」とマリが口を開いた。「厳密な意味で生きているものなんかひとつもない。残存エネルギーみたいなもの……損傷したバッテリーにかろうじて残っている力」

「でも、まだ起きてない。これは未来なんだ」

「未来なんて、ここにはないのよ」

「でも、ぼくにはまだ起きてないじゃないか。ぼくは生きている。ぼくはこの醜いものと向かい合ってる。おぞましい、動く死骸と。ぼくが死体なら、死体がぼくに話しかけることはできない」

「当然そうよね。でも――あなたたちのあいだの違いはそんなにはっきりしたものじゃない。それの一部はあなたの中に混じってるし、あなたの一部はそれの中に残っている。どちらもあなた。あなたは両方。〝子どもはおとなの父〟っていうでしょ。人間は死体の父なのよ。でも、死体はあなたに、去れというだろうと思ってた。ところが彼は――それは

——残れといった。そのことをいうために、はるばるあなたのところまで泳いできた。わけがわからない。これはあなたのブラックではありえない。ともかく、さっきわたしが説明したような意味ではね。ずいぶん腐っているけれど、親切だもの。ブラックはぜったいに親切じゃない。なにか訊いてみてもいい？」

ジョーは無言だった。マリはそれを同意と解釈したらしく、

「あなたはどんなふうに死んだの？」と死体に問いかけた。

むきだしの白い顎骨が水流の中でがくがくと動き、太鼓を打つようにして歪んだ言葉を発した。「グリマングがわれわれを殺させた」

「われわれ？」マリがすばやく訊き返した。「われわれって何人？　わたしたちみんな？」

「われわれ」死体は腐った片腕をジョーに向かって伸ばし、「われわれふたり」といってから黙り込んだ。そして、すこしずつ流されながら、「でも、そんなに悪くない。自分でつくった箱があり、その箱が守ってくれる。中に入り、戸口に柵をすれば、ほんとうに危険な魚はほとんど入ってこない」

「つまり、自分の命を守ろうとしていると？」ジョーはいった。「しかし、きみの命は終わってるじゃないか」理解できない。意味がわからないし、奇怪だし、気味が悪い。腐った死体が——自分の死体が——この水中で半分生きていて、身の安全を守る努力をしてい

るなんて……。

「死者の生活をもっと豊かに！」ジョーは半分やけっぱちで叫んだ。マリにともなく、死体にともなく。

「呪いね」

「え？」

「死体はあなたを離してくれない。あなた自身の最期の姿で目の前にいるのに、あなたは離れようとしない。のちに、あなたがこれになったとき」と死体を指さし、「離れておけばよかったと思うでしょう。きょうか、今夜か。あしたの朝か」

「残れ」死体はジョーにいった。

「どうして？」

「ヘルズカラが水中から引き揚げられたら、わたしは眠りにつく。わたしは眠りにつくときを待ちつづけている。とうとうきみが来てくれてうれしい。わたしは何世紀も待ちつづけていた。きみが来て、解放してくれるまで、わたしは時の全体にとらわれている」死体は哀願するように右手を動かしたが、手の一部が欠けて、黒い水の中に消えていった。いま、その手には指が二本しかない。ジョーはそれを見て、気分が悪くなった。

時間を巻きもどして、ここに来なかったことにできたら。しかし、死体は逆のことをいった。ぼくがここへ来たことが、あれの――ぼくの――解放を意味する、と。なんてことだ。ぼくはそう遠くないうちにああなってしまうのか。体のあちこちが欠け落ち、危険な魚に食いちぎられる。この海の底で箱の中に隠れ、少しずつ魚に食われてゆく。

いや、もしかしたら、そうじゃないかもしれない。これはぼくの死体じゃないかもしれない。自分自身の死体――懇願するように話しかけてくる死体――と対面する人間が、いったい何人いるだろう。カレンドの仕業か。でも、それだと筋が通らない。死体は、マリの予測と反対に、ジョーに残れと――壺なおしの仕事をはじめろといったのだから。

では、グリマングの仕業か。これはグリマングが投射した幻、ぼくを釣り上げるための狂った鉤だ。まちがいなく。

ジョーは、浮き沈みしながらまだ離れずにいる死体に向かっていった。「まあとにかく、忠告ありがとう。よく考えてみるよ」

「わたしの死体もここにいるの？」とマリがたずねた。

返事はなかった。ジョーの死体は、すでに漂い去っていた。ぼくはなにかまちがったことをいったんだろうか、とジョーは自問した。やれやれ。自分の死体になんというのが正解なんだろう。死体の助言を検討してみると、ぼくはいった。死体にとって、それ以上なにを求めることがある？　奇妙なことに、いまのジョーが感じているのは怒りだった。不安や恐怖は消え失せ、ありふれた不満が心の中でふつふつと沸き立っている。こんなふうに圧力をかけるなんて、フェアじゃない。プロジェクトの一翼を担って行動しなければならないと、自分自身によって命じられたのだ。そのとき、呪いのことが頭に浮かんだ。「死は」たがいの距離が近づいたとき、ジョーはマリにいった。「死と罪はつながっている。つまり、もし大聖堂が呪われているとしたら、ぼくらも――」

「もどるわよ」マリは熟練した足さばきで上昇し、ジョーの頭上に出た。「引き揚げ現場にはあまり近づきたくない」といって指をさす。

ジョーはその方向に体を向けた。

ずっと右のほうに、得体の知れない巨大な機械があった。静かに鎮座しているかに思えたが、その活動がいまはじめて耳に届いた。鈍く低い震動。その音は最初からずっと響いていたはずだが、おそらく可聴範囲の下限ぎりぎり、一秒二十サイクルの周波数だったのだろう。音ではなく震動としてジョーはそれを感じていたし、たぶんいまもそう感じている。

「なんだ、あれは?」とマリにたずねるよりはやく、ジョーはそちらの方向に泳ぎ出していた。すっかり心を奪われている。

「カプリクス製の起重機」マリはたんたんといった。「アイオニアン・カプリクスは、現在利用されている中では原子量が最大の元素。むかしよく見たレクセロイド製クレーンにとってかわった」

「大聖堂をそっくりクレーンで持ち上げるって?」ジョーはマリにたずねた。マリは気乗りしないようすで足びれを振って降りてくると、のろのろとジョーのあとについてきた。

「基礎だけね」とマリ。

「他の部分はブロック単位に切り出す？」

「ええ。でも、基礎だけは、デネブ第三惑星で産出された瑪瑙《めのう》の一枚板なの。分割したら上部構造を支えられなくなる。だから、まるごとクレーンで引き揚げる」マリはそれ以上、近寄ろうとせず、「近づきすぎると危険。引き揚げ作業をはじめて見るっていうわけじゃないでしょ。どんな原理で持ち上げるかもわかってるはず。いまは重心を測定していると ころ。さあ、もう水面にもどりましょう。ここにいるとストレスが溜まる。引き揚げ現場のこんな近くは危険だから」

「ブロックの切り出しはもう済んでるのかな？」

「まったくもう、いいかげんにしてよ」マリはうんざりしたようにいった。「いいえ、まだぜんぶは終わってない。最初の数個だけ。まだ基礎の引き揚げもはじまってない。準備作業の段階」

「引き揚げ速度はどのくらいになるんだろう」

「まだ決まってない。ねえ——まだそういう段階じゃないの。引き揚げ作業もはじまってないんだから。だいたい、あなたの領分じゃないでしょ。引き揚げのことなんかなにも知らないくせに。クレーンの水平移動速度は、一日二十六時間あたり十五センチ。事実上、止まってるようなものね」

「なにか、ぼくに見せたくないものがあるんだろ」

「妄想よ」

複焦点ライトのビームをクレーンのさらに右に動かしたとき、なにかが見えた。黒々とした濃密なかたまりが高くそびえ、三つの面が三角形をかたちづくっている。その手前を魚の群れが行き来し、表面にはフジツボや貝、軟体動物や甲殻類が群れをなしてびっしりこびりついている。そしてその横、クレーンがのろのろと作業をつづけている場所にも、それとそっくりのシルエットがあった。ヘルズカラ。

「あれか、ぼくに見せたくなかったのは」ジョーはマリにいった。

ふたつの大聖堂。

12

「どちらか片方がブラックだ。黒の大聖堂《ブラック・カテドラル》」

「いま引き揚げようとしているのが、ブラックじゃないほうよ」

「絶対確実なのか？　グリマングには自信があるんだろうな。そんなまちがいをおかすはずがないと」そのまちがいがグリマングの致命傷になる。ジョーは直感的に悟った。それがすべての終わり、ぼくらみんなの終わりになる。黒の大聖堂が存在することを知り、その姿を見ただけで、突き刺すような死を感じた。心臓が凍りつく。ジョーはライトを動かしてあちこちを照らした。必死に出口を探し求める――そして見つけられないでいる――かのように。

「これでわかったでしょ」とマリ。「わたしがもどりたがった理由が」

「ぼくもいっしょにもどるよ」もうこれ以上、ここにいたくない。マリと同じく、海面が恋しかった。地上の世界にこんなものは存在しないし、けっして存在すべきじゃない。地上にあることは、けっして意図されていなかった。「行こう」といって、ジョーは上に向かって泳ぎ出した。黒く冷たい深淵と、その下にあるものから、一秒ごとに遠ざかってゆく。「手を出して」といって、ふりかえり、マリに手をさしのべ……

　そのとき、それが見えた。壺だ。ライトの光の中に。

「どうしたの？」マリがはっとしたようにいった。ジョーの動きが止まっている。

「もどらないと」

「もどっちゃだめ。あれに引き寄せられてる。あれにはそういうおそろしい力があるの。あなたに誘引力をおよぼしてるのよ。浮上して」マリはジョーの手を振りほどき、勢いよく水を蹴ると、ジョーを追い越して上がってゆく。自分をからめとり、底なし沼に引きずり込もうとするなにかに抗うかのように、必死に足びれを動かしている。

「先に上がっててくれ」ジョーは深く深く潜りながらいった。壺から片時も目をそらさず、ライトをつねにそちらに向けたまま。壺の表面には少しだけ珊瑚がこびりついているが、大部分は露出している。まるでぼくを待っていたみたいだ。最適な方法で……ぼくがいちばん愛するものを使って……ぼくを誘惑するために。

　マリはジョーの頭上でしばらくためらうようにぐずぐずしていたが、やがてのろのろ降りてくると、ジョーの横に並んだ。「いったい――」といいかけたところで壺に気づき、息を呑む。

「渦巻きクラテール（古代ギリシャの甕。ワインを水で割るために使われた）だ。すごく大きい」壺から放射されるさまざまな色が、もうはっきり見分けられる。それらの色は、どんなロープや海藻より強く、他のどんな誘惑より激しく、彼を引きつけた。ジョーは潜り、さらに潜った。

「鑑定できる？」とマリがたずねた。ふたりは、壺のすぐそばまで来ていた。ジョーの両手が勝手に動き、壺に向かって伸びた。「その壺は――」

「土器じゃない。摂氏一〇〇〇度以上で焼かれている。もしかしたら、一二五〇度に達するかもしれない。釉薬の表面がずいぶんガラス化している」いまようやく、ジョーは壺に手を触れた。慎重にひっぱってみる。だが、珊瑚が壺の底をはさんでがっちり固定している。「炻器《せっき》だ」と結論を出した。「磁器じゃない、透光性がないからね。釉薬の白さからすると――推測だけど――酸化錫が混ぜてあるかもしれない。だとしたら、マジョリカ焼きと同じだ。一般的には錫めっきと呼ばれる。デルフト焼きみたいに」ジョーは壺の表面をこすった。「手ざわりからすると、スグラフィート焼き（乾燥素地の上にかけた化粧土を引っかいて紋様をつけた焼きもの）に鉛の釉薬をかけたものかな。ほら、ここ。泥漿《でいしょう》をひっかいて模様が描いてあるけど、線の下に素地の色が見えてる。たぶん、渦巻きクラテールだけど……だとしたら、冷酒器《プシュクテール》や両把手つき壺《アンフォラ》もいっしょに見つかる可能性がある。堆積した珊瑚を除去して、その下にあるものをたしかめるだけでいい」

「それ、いい壺なの？　デザインが独特だし、すごくきれいだと思うけど、専門家としてのあなたの評価は――」

「最高級」ジョーは短く答えた。「この釉薬の赤はたぶん還元銅だ。窯の中で焼くときに酸素の量を減らして、釉薬の銅を還元したんだ。それと、第一鉄。この黒を見てごらん。こっちの黄色は、もちろんアンチモンのおかげ。すばらしい黄色が出せる」壺のいちばんの魅力は、なんといっても釉薬の色だ、とジョーは思った。黄色に青。この色はそのままにしておかなければ。

それにしても妙だ。ぼくに発見させるために、だれかがわざとここに置いたみたいだ。ジョーはなおも壺の表面をこねまわし、視覚よりも触覚で堪能した。酸化第二銅の青——それ以外のすべてがこの壺にはある。グリマングがこの壺をここに置かせたんだろうか。

「不思議なんだけど」ジョーはマリに向かってたずねた。「この壺はどうしてびっしり珊瑚に覆われてないんだろう。最近、除去されたのかな」

マリはしばらく時間をかけて壺のあちこちを指でつつき、底の部分をがっちり固定している珊瑚と、表面についている珊瑚を調べはじめた。そのあいだに、ジョーは壺のデザインを仔細に検分した。複雑で装飾的な場面。ウルビノのイストリアト様式よりもさらに装飾的だ。この場面はなにを描いてるんだろう。じっくり観察しながら考えた。すべてが見えているわけではない。それでも——陶器の破片の足りない部分を推測して修復することには慣れている。この壺に描かれた場面には、いったいどんな意味があるのか？　物語になっているのはまちがいない。でも、どんな？　ジョーは目を凝らした。

「この壺、黒い部分が多くて、なんだかいやな感じ」マリが唐突にいった。「この海の底では、黒いものはなんでも、危険を意味するのよ」マリは珊瑚の検分を終えて壺から離れた。「さあ、もう気が済んだでしょ。上がりましょう」さっきよりさらに緊張した声。一秒ごとにストレスをつのらせている。「くだらない壺ひとつのためにここに残って、自分から命を投げ出すつもりはないわ。壺なんてそんなに大切じゃない」

「きみの調査の結果は？」

「珊瑚が除去されたのは、この六カ月以内」マリは珊瑚の一部を剝がし、壺の表面をさらに露出させた。「道具さえあれば、数分でぜんぶ剝がせるんだけど」

壺に描かれた絵がさらに見えるようになった。最初のコマは、がらんとした殺風景な部屋にひとりで座る男。その次は、商用の恒星間宇宙船。三コマ目は、男が――最初の男と同一人物らしい――釣りをしている場面。水面から巨大な黒い魚を釣り上げたところが描かれている。マリがいやな感じだといった黒い釉薬の使われている部分が、その巨大な魚だった。四コマ目は、珊瑚に隠れて見えないが、絵物語は、巨大な黒い魚を釣り上げた場面で終わったわけではなく、まだつづきがある。すくなくともあと一コマ、もしかしたら二コマある。

「これは火炎釉」ジョーは半分うわのそらで説明をつづけた。「さっきいったとおり、銅を還元焼成したものだ。でも、ところどころ、ほとんど枯葉釉みたいに見える箇所がある。

経験の浅い壺なおしなら――」

「博学気どりはいいかげんにして」マリは吐き捨てるようにいった。「救いようのない莫迦ね。わたしは上がる」マリはふたりをつないでいたロープをはずすと、水を蹴って上昇し、たちまち見えなくなった。頭上で、彼女のライトだけが光っている。気がつくと、ジョーはひとりきり、壺といっしょに黒の大聖堂のそばにいた。静かだった。それに、あらゆる活動が完全にストップしている。近くを泳ぐ魚は一匹もいない。黒の大聖堂とその周辺を避けているらしい。魚は利口だな、とジョーは思った。マリと同じく。

ジョーは、最後に長い長い一瞥を、死んだ建造物に向けた。一度も生命を持ったことがない大聖堂に。

それから、壺の上にかがみこむと、ライトを脇に置いてから、両手で壺をつかみ、渾身の力でひっぱった。その瞬間、壺は割れ、ばらばらに砕け散った。無数のかけらはたちまち海流に乗って流されてしまい、ジョーが見下ろす先には、まだ珊瑚に囚われているわずかな破片しか残っていない。ジョーは覚悟を決めて、残る破片をつかみ、動かそうとした。珊瑚がその破片をがっちりつかまえて離さない。だが、しばらく力を加えていると、少しずつゆるんできて、とうとう破片が珊瑚からはずれた。それをしっかり両手で握ると、すぐさま水面に向かって水を蹴った。

手の中の破片には、絵物語の最後の二コマが描かれていた。しばらくして頭が海面に出ると、ジョーは酸素マスクをむしりとり、ライトで照らしてその二コマを調べた。

「なんなの、それ？」マリがそういいながら、優雅な長いストロークでこちらに向かって泳いできた。

「さっきの壺の名残り」ジョーはかすれた声でいった。

最初のコマは、あの大きな黒い魚が、自分を釣り上げた男を呑み込む場面だった。次のコマ——絵物語の最後のコマ——には、またしてもその巨大魚が描かれている。だが、今回まる呑みにしているのは、一体のグリマング……いや、あのグリマングだった。男もグリマングも魚ののどを通過して、胃の中で消化される運命にある。男もグリマングも死んで、黒い巨魚だけが残る。魚がすべてを呑み込む。

「この陶片は——」といいかけて、言葉が途切れた。最初に見たときは気づかなかったもの。視線がそれに吸い寄せられ、なすすべもなく注意を奪われる。

最後のコマに描かれた巨大魚の頭の上に、吹き出しが刻まれていた。中の文字は、どうやらアルファベットのようだ。ジョーは不安定な水中で浮き沈みしながら目を近づけ、途切れ途切れに文字を読んだ。

この星では、生命は地上ではなく水中にある。グリマングと自称するデブの食わせ者に関わるな。大地を離れた深淵の中に、真のグリマングが見つかる。

そして、最後のコマの端に、とても小さな文字でこう書いてあった。

〈以上、公共広告でした〉

「狂ってる」近づいてきたマリに、ジョーはいった。持っている壺の破片を捨ててしまいたい衝動にかられた。手を離せば、破片は黒く重い水の底にゆらゆら落ちていって、また見えなくなる。

マリはジョーの背中にしがみつくようにして肩越しに覗き込み、吹き出しの中の文字を読んだ。

「あらあら」といってマリは笑った。「地球にも似たようなのがあるじゃない。クッキー。中にメッセージが入ってるやつ」

「フォーチュン・クッキー」ジョーは乱暴に答えた。

「地球の話で読んだことがある。だれかがサンフランシスコのチャイニーズ・レストランに行って、フォーチュン・クッキーを割ったら、中のおみくじに、〝姦淫を慎め〟って書いてあったんだって」マリは朗らかな太い声で笑った。それからジョーの肩をつかんで前にまわり、彼と正面から向かい合った。そして、うってかわった、真剣そのものの冷静な口調でいった。「たいへんな戦いになる。大聖堂を海に沈めたままにしておこうとする力との」

「あれは浮上したくないんだ。大聖堂は——あれは海の底にいたいんだよ。この破片はあれの一部分だ」ジョーは壺の破片を握っていた手を開いた。破片はたちまち、ジョーの足の下に広がる忘却の淵へと沈んでいった。ジョーはそのあともしばらく、黒い海水だけをじっと見つめていたが、やがてまたマリのほうを向き、「さっきのは、大聖堂がぼくらに向けて語る言葉だった」といった。それは陰鬱な考えだった。気に入らない。

「もしかして、あの壺はもともと黒の大——」

「違う、黒の大聖堂にあった壺じゃない」あれは、ジョー自身を含め、彼ら全員の——そしてグリマングの——目にふれるためのものだ。「グリマングは知らないと思う」とジョーは声に出していった。「これは、運命としてカレンドが〈本〉になにを書き記しているかというだけの問題じゃない。流体工学上の問題でもない」

「魂の問題ね」マリがかぼそい声でいった。

「なんだって?」ジョーは荒々しく訊き返した。

「本気でいったんじゃないの」しばらくして、マリがいった。

「だろうとも。あれは生きてないんだから」陶器の破片を使ってメッセージをよこしたにもかかわらず。生命の外見を備えているだけのこと。慣性だ。すべての物体の例に洩れず、外から力が加えられないかぎり、その場を動かない……力が加わったときはじめて、しぶしぶ動き出す。この海の底で、大聖堂は無限の大罪のかたまりを抱え込んでいる。それを動かそうとして、ぼくらは壊れる。グリマングを含め、だれひとり、けっしてもとにもどらない。そして――

大聖堂はあいかわらず海の底に残る。いまのままで。教会の説教で聞かされるとおりの、終わりなき世界。しかし、なんと奇妙な大聖堂だろう。珊瑚がこびりついた壺にメッセージを書き記すなんて。地上にいるぼくらと連絡をとるにしても、もっとましな方法があるはずだ。とはいえ……グリマングの連絡手段は、トイレの給水タンクにメモを浮かべることだったわけで……それと同じくらい変わっている。この惑星特有の性質なんだろう。おそらくは何世紀にもわたってしみついている、民族的な習慣。

「あれは、あなたが壺を見つけることを知っていた」

「どうやって?」

「カレンドの〈本〉で。真ん中あたりにある脚注のどこかに、5・5ポイントの小さな活字でこっそり書かれていた」

「だけど、〈本〉がまちがっていた例もある。ぼくがヘルズカラでなにかを見つけて、その結果、ぼくがグリマングを殺すことになるとか。だから、〈本〉の記述はただの推測だという可能性もある。それも、あんまりあてにならないやつ」でも、当たることもある。

ぼくは壺を見つけた。

ことによると、現実という潮流に押し流された結果、いつかぼくが、ついにグリマングを殺すことになるのかもしれない。じゅうぶんな時間が経過すれば。それをいうなら、じゅうぶんな時間が経過すれば、どんなことだって起こりうる。ある意味これが、カレンドの〈本〉の予言がつねに的中する秘訣かもしれない。

予言は適中した——そして適中しなかった。

確率だ、とジョーは心の中でいった。本質的に、科学の問題だ。ベルヌーイの定理。ベイズの定理。ポアソン分布。負の二項分布……コイン投げ、カードゲーム、誕生日の一致、最後に、確率変数。

そして、それらすべての背後には、ルドルフ・カルナップとハンス・ライヘンバッハの亡霊、ウィーン学団の影、記号論理学の台頭がある。カレンドの〈本〉と直結するとわかっていても、足を踏み入れたいとは思わない、底なしのぬかるみの世界。いまジョーやマリをとりまいている水の王国よりもはるかに深い。

「さあ、基地にもどりましょう」マリがぶるっと身震いしたかと思うと、とつぜん水を切って離れていった。その向こうに光が見える。ウィリスがふたりの目印になるようにと先ほど点灯してくれた照明が、まだ明々と輝いている。ロボットはぼくらを待ってくれている。

ともあれ、ぼくらはボレルの手にかかることはなかった。マリといっしょに、海上基地のまばゆい光を目指して泳ぎながら、ジョーは思った。それには感謝しなければ。ウィリスが――マリが――警告したとおり、この海に潜ることはおぞましい経験だった。自分自身の死体……。いまも目に焼きついている。潮流に揺らめく、むきだしの顎骨。ボレルの法則が支配する水中亜世界。そこは拒絶に満ち、すべてが半分死んでいる。

ジョーは、三つの密閉式ドームを擁する、明々と照明された基地にたどりついた。待っていたウィリスが手を貸して、ふたりをひっぱりあげてくれた。

ジョーとマリが潜水具をはずすあいだ、ロボットはいらついているように見えた。「そろそろ時間です、サー、それにレイディ」ウィリスはギアをまとめながら、がみがみいった。「ふたりとも、長く潜りすぎですよ。わたしの指示に反して」といってから、「つまり、グリマングの指示に反して」と訂正する。

「どうかしたのか？」

「ああもう、いまいましいラジオ局と来たら！」ウィリスはマリの酸素タンクを強力な両手でらくらくと持ち上げながらいった。「考えてもみてください」彼女のダイビング・スーツを脱がし、ギアをまとめると、収納ロッカーにひきずってゆく。「おふたりが浮上してくるのを待つあいだ、わたしはラジオを聞いていたんです。ベートーベンの第九が流れていました。するとそのあとに脱腸帯のＣＭが入った。次はワグナーの『パルジファル』から、『聖金曜日の音楽』。そしたら今度は、水虫治療用軟膏のＣＭ。そのあとの曲は、バッハのカンタータ『イエスよ、汝わが魂を』からコラール合唱。次のＣＭは痔の座薬でした。ペルゴレージの『スターバト・マーテル』のあとは、入れ歯用歯磨の宣伝。ヴェルディのレクイエムから『サンクトゥス』を流したあとは下剤のＣＭ。ハイドン『天地創造ミサ』の『グロリア』の一節が流れたあとは、生理用の鎮痛薬。『マタイ受難曲』のコラールの次は猫用トイレ砂。それから――」ロボットは急に口をつぐみ、聞き耳をたてるように小首を傾げた。

いま、ジョーの耳にもそれが届いた。となりにいるマリにも聞こえたらしく、彼女はさっときびすを返し、建物の入口のほうへ駆けていった。外へ出て、かすかな明かりのもと、夜空に目を凝らしている。

ジョーは彼女のあとにつづいた。ウィリスもついてくる。

水と火の、ふたつの輪を擁する巨大な鳥が夜空に浮かんでいた。ふたつの輪の中から、ペイズリー柄のショールに半分隠された思春期の少女の顔がこちらを見ている。グリマングだ――はじめてジョーの前に姿を見せたときの。ただしいまは、巨大な鳥の姿をとり、宙に浮いている。鷲だ。ジョーは畏敬の念に打たれた。巨鳥はかん高い声で鳴きながら、鉤爪で夜空を切り裂き、こちらに飛んでくる。ジョーは戸口の内側に身を隠すようにあとずさった。巨鳥はなおも近づいてくる。直角に交差したふたつの輪は、高速で激しく回転しつづけている。

「古なじみが来た」ウィリスは不安の色をまったく見せず、「来てくれって頼んだんですよ。それとも、向こうから来たいと頼まれたんだっけ？　覚えてないな。とにかく、話をしたのはまちがいないけど、どんな話だったかはもうぼんやりしている。それが問題でしてね。わたしと、あの同僚との」

「降りてくる」とマリがいった。

鳥は空中に静止した。くちばしが痙攣的にかくかく動いている。黄色い目がジョーを——ほかのだれかではなく、ジョーひとりを——にらみつけた。そして、巨大なのどから吐き出された言葉が、夜の闇に轟いた。「おまえ」と怒鳴りつける。尋問のように厳しく荒々しい、耳障りな口調だった。「おまえを海に潜らせたくなかった。海底に埋まっているものを見せたくなかった。おまえは壺を治すためにここにいる。おまえはなにを見た？　おまえはなにをした？」鳥の金切り声には狂乱の響きと圧倒的な切迫感があった。グリマングは待ちきれずにここへやってきた。海底でなにが起きたのか、彼にはいますぐ知る必要がある。

「壺をひとつ見つけた」とジョーは答えた。

「あの壺は嘘をついている！」グリマングは叫んだ。「壺がいったことは忘れろ。壺ではなく、わたしの言葉に耳を傾けろ。わかるな？」

「壺がいったのは、ただ——」

「この海の底には、嘘をつく壺がごまんとある」とグリマングがジョーの言葉を途中でさえぎった。「それぞれが違った嘘八百の物語を持っていて、たまたま近くを通りかかって壺に気づいた相手にだれかれかまわずその物語を語る」

「大きな黒い魚」とジョーはいった。「あの壺にはその絵が描かれていた」

「魚などいない。海底にあるものは、ヘルズカラ以外、なにひとつ現実ではない。わたしはいつでも好きなときにヘルズカラを引き揚げられる。独力で。おまえや、おまえ以外のだれの手を借りることもなく。個々の壺もわたしひとりで持ってこられる。ひとつずつ珊瑚から引きはがせるし、その途中で割れても、自分で修理するか、修理できる者を連れてこられる。おまえを母星の作業房とゲームの日々に送り返してやろうか？　何年もかけて転落してゆくあの人生に？　心も計画もないまま、長い年月をかけて沈みつづけ、すこしずつ朽ち果ててばらばらになってゆく人生に？　それが望みか？」

「いや」とジョーはいった。「そんなことは望んでない」

「おまえは地球へ帰るがいい」グリマングはかん高い声で鳴いた。くちばしが開いては閉じ、開いては閉じして、荒々しく空気を嚙み砕く。

「すみません、ぼくは――」とジョーはいいかけたが、鳥は容赦ない怒りでそれをさえぎった。さっきと同じ、激しい興奮状態。

「あの地下室の木箱の中にもどしてやる」グリマングは宣言した。「警察が来るまで、木箱の中で待つがいい。おまえの居場所をわたしが警察に通報してやる。警察がおまえを逮捕し、徹底的に締め上げる。わかるか？　わたしの命令に背けば追放されると考えなかったのか？　もうおまえに使い途はない。わたしに関するかぎり、おまえはもう存在しない。こんなふうに怒鳴って申し訳ないが、本気で怒るとわたしはこうなるんだよ。許してくれたまえ」

「度を超してる気がするけど。実際問題、ぼくがなにをした？　海に潜った。壺をひとつ見つけた。その壺に――」

「おまえは、わたしが見せたくなかった壺を見つけた」鳥の冷たい目が無慈悲に、蔑《さげす》むようにジョーを見下ろしている。「自分がなにをしたのかわからないのか？　わたしがみずから関わらざるを得なくなるように仕向けたのだ。こうなった以上、わたしはいま反応しなければならない。もう待つことはできない！」だしぬけに、巨鳥は旋回しながら空高く舞い上がったかと思うと、ジョーではなく、海のほうに向きを変えた。巨大な翼を激しい怒りの力ではばたかせ、とてつもない速度で上昇してゆく。やがてはるかな高みに達すると、そこに滞空し、耳をつんざくかん高い声で荒々しく吠えた。

「今回は、カヴォーティング・ケアリー・カーンズも、六台の電話も助けてはくれないぞ！」鳥は暗い空から叫ぶ。海上では波のように霧がうねり、空と溶け合う。「ラジオのリスナーは、だれもおまえのことなど知らない！　気にもかけない！」鳥は円を描きながら降下し……

そしてそのとき、海の中からなにかが姿を現わした。

13

「うわっ」ジョーに寄り添うようにして立つマリがいった。「黒いほうよ。彼を迎えにきた」

海面を割って現われたブラック・グリマングは空に舞い上がり、空中でグリマングに襲いかかる。二体の巨大生物はたがいに相手を鉤爪で攻撃し、四方八方に羽毛が飛び散った。だが、ほとんどすぐさま、もつれあう二体は石のように海へと落下した。しばらくのあいだ、海面で格闘がつづいた。ジョーの目には——見まちがいでなければ——真正グリマングが相手から逃れようともがいているように見えた。

しかし、どちらのグリマングも、すぐに見えなくなった。マーレ・ノストルムの深みに姿を消したのだ。

「グリマングが黒いほうに海へ引きずり込まれてしまった」マリが茫然とした声で、ささやくようにいった。

ジョーはロボットのほうを向き、「ぼくらにできることはなにかないのか?」とたずねた。「グリマングを助けるために。彼を解放するために」グリマングは溺れている。そのとき、ジョーは悟った。グリマングはこうやって殺されるんだ。

「いずれ浮上しますよ」ロボットがいった。

「絶対とはいえない」とジョーがいうと、となりのマリもうなずいた。「こういうことは前にもあったのか？　グリマングが海に引きずり込まれたことは？」とジョーはロボットに詰問した。

ヘルズカラを引き揚げるどころか、反対にグリマングが引きずり込まれてしまった……ブラック・グリマングと黒の大聖堂のもとに沈み、二度と浮上しない。ぼくの死体みたいに。生命を失い、海の藻屑《もくず》となって海中を漂う。箱の中に住む。

「ＨＢ弾を水中に撃ち込むことはできます」とロボットはいった。「しかし、威力が強すぎて、グリマングまで殺してしまうでしょう」

「だめよ」マリがきっぱりいった。

「ええ、たしかに、こういうことは以前にもありました」ウィリスがさっきのジョーの質問に答えた。「地球時間でいうと、一九三六年の後半。ベルリンで夏季オリンピックが開催された年です」

「で、グリマングは無事にもどってきた？」とマリ。

「もちろんです。ブラック・グリマングはふたたび海底に沈みました。以来、きょうまでずっと海底にいたのです。ここに来ることで、グリマングは計算済みのリスクをおかしました。ブラック・グリマングを目覚めさせるかもしれないということはわかっていましたから。『わたしがみずから関わらざるを得なくなるように仕向けた』というのはそういう意味です。ミスター・サー、あなたが仕向けたんです。グリマングはこうせざるを得なかった。その結果、彼はいま、海底にいる」

海面をライトで照らしていると、なにかが浮き沈みしているのが見えた。光を反射している。

「モーターボートはある？」ジョーはウィリスにたずねた。

「はい、ミスター・サー。海に出るつもりですか？　もし彼らが格闘しながら浮上してきたら？」

「あそこに浮かんでいるのがなんなのか、たしかめたいんだ」

数分後、三人は、船外機つきのボートで荒れた暗いマーレ・ノストルムへと乗り出した。

「あそこだ。二、三メートル右」ジョーがライトの光で照らしているその物体に向かって、ボートは進んでいった。ジョーは手を伸ばして海面を探った。指が触れた。ジョーはそれをつかんでボートにひっぱりあげた。

大きな瓶だった。中にメモが入っている。

「グリマングから、またメッセージだ」ジョーは皮肉っぽくいいながら、瓶の蓋をねじってはずし、逆さにして紙片を出そうとした。ひらひらとボートの底に落ちた紙片を慎重に拾い上げ、ライトの光にかざして文面を読んだ。

この場所を見張れ。一時間ごとに状況報告の連絡を送る。敬具。グリマングより。追伸、夜明けまでにもどらなければ、〈事業〉は中止になったと全員に伝えてくれ。各自なんとかして母星にもどってほしい。みなさまによろしく。G。

「彼はどうしてこんなやりかたを？」ジョーはロボットにたずねた。「瓶にメッセージを入れたり、ラジオ番組を使ってリスナーにコンタクトしたり――」

「個人間コミュニケーションの手段としては風変わりですね」と答えながら、ロボットはボートを操縦して基地にひきかえしはじめた。「わたしの知るかぎり最初から、グリマングはそういうやりかたをしていました。不明確でわかりにくい情報を間接的な方法ですこしずつ流すのです。では、どのようなやりかたで連絡をとるべきだとミスター・サーは考えますか？　通信衛星経由とか？」

「ああ、それだっていい」ジョーは重い鬱の雲が心に低く垂れ込めるのを感じ、口をつぐんで自分の殻に閉じこもると、寒さに震えながら、ボートが基地に帰りつくのを待った。

「彼が死んでしまう」マリが静かにいった。

「グリマング?」とジョー。

マリはうなずいた。薄暗い光のもとで、その顔は亡霊のように見えた。ぼんやりした影が引き潮のように顔をよぎる。

「〈ゲーム〉のこと、前に話したっけ?」

「あいにくだけど、いまはそんな話――」

「やりかたはこう。なにかひとつ、本の題名を選ぶんだ。なるべくなら有名なやつ。それを日本のコンピュータに口頭で入力すると、コンピュータが日本語に訳す。そしたら今度は――」

「帰ると、そのゲームが待っているのね」

「そういうこと」

「気の毒に思うべきなんだろうけど、そうは思えない。あなたのせいで、わたしたち全員がこんな状況に追い込まれた――あなたはグリマングを殺した。彼は、幼稚な気晴らしからあなたを救い出そうとしていたのに。英雄的な偉業に参加させることで、あなたに仕事への誇りをとりもどさせようとしていたのに。しかもそれは、数百の惑星からわたしたち数百人が加わった大事業だったのに」

「しかし、ミスター・サーは潜るしかなかったのです」とロボット。

「まさしく」とマリ。

「カレンドの〈本〉がぼくにそうさせたんだ」とジョー。

「いいえ、それは違います」とロボット。「カレンドが現われて〈本〉の一節を読ませる前から、あなたはマーレ・ノストルムに潜ることを考えていた」

「人間は、みずからの人間性を伸ばすようなことをしなきゃならない」

「どういう意味？」とマリ。

「言葉のあやだよ」ジョーは弱々しく答えた。「つまりその、登山家と同じく……そこにあるから、というやつだ」カレンドの〈本〉が予言したとおり、ぼくはグリマングを殺してしまった。カレンドが正しかった。カレンドはいつでも正しい。ぼくらがこの船外機つきボートにすわって海上基地にもどっていくあいだにも、グリマングは死につつある。ぼくがいなければ、ぼくがマーレ・ノストルムに潜らなければ、グリマングはいまも生きて、活動していた。マリとウィリスがいうとおりだ。ぼくのせい——あの最後の瞬間、ブラック・グリマングが海中から現われて戦いを挑む直前に、グリマング自身がいったとおりだ。

「どんな気分、ジョー・ファーンライト？」とマリがたずねた。「自分がどんな事態を引き起こしたか、これでよくわかったでしょ」

「まあ、とにかく」とジョーはいった。「見張りをつづけて、グリマングからの一時間ごとの状況報告を待とう」その言葉は、ジョー自身の耳にも空々しく響いた。しゃべっているあいだにも声がどんどん小さくなり、ついには聞こえなくなってしまう。そのあとはだれも口を開かないまま、ボートは基地の桟橋に到着し、ウィリスがボートを繋留した。

「『二時間ごとの状況報告』ね」桟橋に上がるとき、マリが冷笑的にいった。基地のまばゆい照明がウィリスとマリをぎらぎらと不自然に照らし出し、白塗りでもしているように見える。いまわしく不自然な方法で人間に化けているかのような顔。でなければ、このふたりもぼくに殺されて、死体になってしまったかのような……。しかし、ロボットが死体になることなんかありえない。この光と、疲労のせい。こんなに疲労困憊《こんぱい》したのは生まれてはじめてだ。ボートを降りるとき、ジョーは肺が痛くなるほど必死にぜいぜいと空気を貪った。まるで、自分自身の肉体的な力でグリマングを海からひっぱりあげ、乾いた大地に——安全な場所に——連れもどそうとしたあとのように。

グリマングに対しては、それだけの努力をしても当然だ、とジョーは思った。

「おもしろい話があるんだけど」ジョーは話題を変えた。「グリマングがはじめてぼくに接触してきたときのこと。することがなくて作業房でぼうっとしたら、郵便シューターの着信ランプが点灯したんだ。ボタンを押したら、チューブから滑り落ちてきたのが——」

「見て」マリが静かにさえぎった。低い声だが、おそろしく張りつめている。マリが指さす海面にジョーはライトを向けた。「泡立ってる。海中で闘ってるのよ。ブラック・グリマングがグリマングを呑み込む。黒の大聖堂が大聖堂を呑み込む。アマリタとボレルは忘れ去られ、グリマングも同じ道をたどる。なにも生き延びない。なにも水面にもどってこない」マリはジョーに背を向け、桟橋から基地のほうへとまた歩き出した。

「ちょっと待ってください」ロボットがいった。「ミスター・サー宛てに着信があります。前回と同様、公式通信です」しばらく黙ってから、また口を開き、「グリマングの個人秘書からです。もう一度、ミスター・ファーンライトと話がしたいそうです」ロボットの胸のドアがぱたんと開き、前回と同じようにトレイに載った電話器が現われた。「受話器をとってください」とロボットが指示する。

ジョーはふたたび受話器をとった。その重量がおそろしく大きく感じられた。腕ごと持っていかれそうだ。受話器を耳にあてるために、必死に力を込めて高く持ち上げなければならなかった。

「ミスター・ファーンライト?」きびきびした有能そうな女性の声がいう。「ヒルダ・レイスです。グリマングはそちらにおりますでしょうか?」

「ほんとのことを伝えて」と横からマリがいった。

「彼はマーレ・ノストルムの底です」

「そうなんですか、ミスター・ファーンライト? わたしの聞き違いではなく?」

「彼は水中亜世界に潜りました。だしぬけに。だれひとり予期していなかった」

「おっしゃることをきちんと理解したかどうか自信がないのですが」とミス・レイスがいった。「つまり、グリマングは――」

「彼は、持てるものすべてを使って闘ってるんです。もちろん、最後はきっと浮上してくると信じています。一時間ごとに状況報告を送るとのことなので、そんなに心配することはないでしょう」

「ミスター・ファーンライト」ミス・レイスはそっけなくいった。「グリマングが一時間ごとに状況報告を送るのは、絶体絶命の窮地に立たされているときだけです」

「ふうむ」

「おわかりですか？」ミス・レイスが切り口上でたずねる。

「はい」ジョーはうなずいた。

「グリマングは自分の意志で潜ったのですか、それとも、引きずり込まれたのですか？」

「両方、ちょっとずつですね。彼らのあいだで――」ジョーは必死に適切な言葉を探した。「対決があった。でも、明らかにグリマングのほうが上手《うわて》に見えた。いや、上偽足《うわぎそく》というべきか」

「ちょっとかわって」マリがジョーの手から受話器を奪いとってしゃべりだした。「もしもし、ヨヘスです」しばしの沈黙。「ええ、ミス・レイス。それはわかっています。ええ、そのことも。ミスター・ファーンライトがいうとおり、闘いに勝って浮上するかもしれません。聖書にもあるように、信じる心を捨ててはいけません」また長い間。それから、ジョーの顔を見上げ、送話口を手で押さえていった。「グリマングにメッセージを届けてほしいって」

「内容は?」

「どんな内容ですか?」マリが送話口に向かってたずねた。

「どんなメッセージだって、グリマングにはなんの役にも立たない」ジョーはウィリスに向かっていった。「ぼくらにできることはひとつもないんだ」ジョーはいままでの人生で最大の、どうしようもない無力感にかられていた。鬱の時期の彼にいつもつきまとっていた、死が身近にあるという感覚が、ひるむことのない激怒の中で大きくなり、それが内臓や神経を麻痺させる。けばけばしいサテンのマントのように、罪悪感が心にまとわりついている。あまりに純粋で、ほとんど元型的な恥ずかしさ――アダムがエデンの園で抱いた原初の羞恥心、神の目にさらされたという初めての感覚を追体験しているかのようだった。自分自身と、みずからの軽はずみな行動に憎しみを感じた。ぼくは恩人の身を――さらにはこの惑星全体まで――危険にさらしてしまった。ぼくはヨナだ。カレンドは正しい。ぼくはただここに存在するだけで、この惑星を荒廃させている。グリマングはそのことを知っていた……それでも、ぼくをここに連れてきてくれた。たぶんそれは、ぼくがこの世界を必要としていたから。ぼくのためだった。なんてことだろう。だがそれも、これでおしまい。ぼくはグリマングの恩に報いた――彼に死を与えることで。

マリが電話を切った。緊張にこわばった顔をゆっくり動かし、まっすぐジョー・ファーンライトのほうを向く。マリは長い長いあいだ、まばたきひとつせず、めらめらと燃え上がる炎の苛烈さでじっとジョーを見つめていたが、やがて力を使い果たしたかのようにぶるっと身震いすると、顔を伏せて唾を呑んだ。「ジョー」とかすれた声でいう。「ミス・レイスは、わたしたちにあきらめるようにいってる。ホテル・オリンピアにもどって、荷物をまとめて――」口をつぐみ、表情を苦しげにゆがめて、「プラウマンズ・プラネットをあとにして母星に帰れって」

「どうして?」

「望みがないから。それに、グリマングが」痙攣するような動きで手を動かし、「死んでしまったら、この星のすべてのものに災いが降りかかる。だからわたしたちは……この星を……離れないと」

「でも、瓶の中のメッセージには、一時間ごとの状況報告を持てと」

「状況報告なんて届かない」

「どうして?」

マリは答えず、それ以上説明しようとしなかった。

ジョーは不安にさいなまれつつ、「ミス・レイスも去るつもりなのか?」

「ええ。でも、全員を宇宙港へ送り届けるまではとどまるでしょう。宇宙港には、いつでも搭乗可能な恒星間宇宙船が一隻、待機している。彼女は、一時間以内に全員が乗り込むことを望んでいる」マリはウィリスに向かっていった。「タクシーを呼んで」

「『ウィリス、タクシーを呼んで』とおっしゃってください」

「ウィリス、タクシーを呼んで」

「行くのか？」驚きと、それに加えて、生きる意味がさらに深く沈んでゆく感覚。

「そうしろといわれたのよ」マリはあっさり答えた。

「一時間ごとの状況報告を待てといわれたじゃないか」

「ほんとに莫迦ね」

「ぼくは残る」

「いいわ、残れば」マリはウィリスのほうを向いて、「タクシーは呼んだ？」

「まず、ウィリスと――」

「ウィリス、タクシーは呼んだ？」

「全車出払っています」とロボット。「この錆びついた惑星の津々浦々から、人々を宇宙港へとピストン輸送しているのです」

ジョーがウィリスに向かっていった。「ぼくときみが乗ってきた車を彼女に使わせてやってくれ」

「では、ほんとうに残るつもりなんですか？」とロボット。

「ああ」

「気持ちはわかる」とマリ。「この危機を引き起こした張本人だものね。だから、逃げて助かるのは卑怯だと思ってる」

「違うよ」ジョーは正直にいった。「疲れたんだ。帰る気力がない。計算済みのリスクをおかしてみるよ。もしグリマングが乾いた大地にもどってくれれば、ぼくらはヘルズカラの引き揚げをつづけられる。もしもどってこなければ――」ジョーは肩をすくめた。

「蛮勇ね」

「まさか。疲れてるだけさ。さあ、早く。宇宙港に。いつ終わりが来てもおかしくない。わかってるだろ」

「まあとにかく、ミス・レイスはそうするように指示してる」マリは申し訳なさそうな口調でいった。どうすべきか逡巡するように足を止めたまま、「もし、わたしが残ったら――」といいかけたが、ジョーがそれをさえぎり、

「きみは残らない。きみも、他のみんなも。ぼく以外はだれも」

「ひとついわせていただけますか？」とウィリスが口をはさんだ。どちらも異を唱えなかったので、ロボットは先をつづけた。「だれかを道連れに死ぬことは、グリマングの本意ではありません。それゆえ、ミス・レイスが、みなさん全員に退去勧告を出したのです。彼女はグリマングの命令にしたがっています。グリマングがあらかじめそう命じていたことは明らかです。もし自分が死んだら、みなさん全員を、願わくは無事に、この星から退

去させるように、と。おわかりですか、ミスター・サー？」

「なるほど」とジョーは答えた。

「では、こちらのミス・レイディといっしょに出発されますね？」

「いや」

「地球人は莫迦で有名なのよ」マリは容赦なくいった。「ウィリス、まっすぐ宇宙港まで送っていって。荷物は部屋に残していく。さあ、行きましょう」

「さようなら、ミスター・サー」とウィリスがジョーにいった。

「興奮を募る（原文は“Rots of ruck”で、直訳すると「多数の腐敗」。「幸運を祈る」を意味する決まり文句“Lots of luck”のもじり）」

「なにそれ？」

「なんでもない。古い駄洒落だよ」ジョーはふたりから離れて桟橋のほうに歩いていった。そこに立って、繋留されたボートのほうをぼんやり眺める。ボートの中には瓶とメモがある。ぼくにも興奮が募りますように、と心の中でいう。

「どのみち、出来のいい洒落だと思ったことなんかないけどさ」と、声に出して、だれにともなくいった。グリマングの幸運を祈る。彼はいま、マーレ・ノストルムの底にいる。ほんとうならぼくがいるべき場所に。ぼくらみんながいるべき場所に。グリマングがいま闘っているように、ぼくら全員が闘うべきなのだ。生命を持ったことのない黒い存在と。進行中の死、動く死神、食欲旺盛な死と。

『わたしは食欲旺盛という呪いにかかっているのです!』」と、ジョーは声に出していった。

ふたりは去った。ジョーは海上基地にひとりで立っていた。やがて、ロケット・エンジンの力強く低い振動がドームを揺るがした。みんな行ってしまった……。

「『アイダ姫』第二幕」ジョーはだれにともなくいった。「アダマント城の庭園にて、シリルの歌唱パートより」彼は口をつぐみ、耳をすました。もうロケット・エンジンの音は聞こえない。なにもかもめちゃくちゃだ。どうしようもない災難。それを招いたのはこのぼく。カレンドの〈本〉は、ぼくをビリヤードの手玉にした。アリストテレスいうところの第一動者。一個の球が次の球にあたり、さらに次の球を動かす。それが生命の本質なのだ。

マリとウィリスは、さっきのぼくの台詞がなんの引用かわかっただろうか。マリにはわかるまい……しかしウィリスはイェイツを知っていた。もちろん、W・S・ギルバートも知っているだろう。イェイツか。ジョーの頭にこんな場面が浮かんだ。

Q　イェイツは好きですか?

A　わかりません。一度も読もうと思ったことがないので。

その先が出てこない。しばらく考えてから、ようやくひねりだした。

Q　キップリングは好きですか？

A　わかりません。一度もキップルしたことがないので。

このやりとりが脳裏をよぎると同時に、苦悩と絶望が心を満たした。ぼくは狂ってしまった。頭の中はゴミだらけ。痛みに圧しつぶされている。とにかく、いま、海の中はどうなってるんだろう。

栈橋に立ち、海を見つめた。海面は静かで穏やかだ——その下でなにが起きているのか知る由もない。するとそのとき——

栈橋から五百メートルほど先で、海面が激しく波立ちはじめた。なにか巨大なものが浮上してきたかと思うと、海面でのたうち、ついに海上に姿を現わした。翼を広げ、むなしく羽ばたかせている。疲れきっているかのような、ゆっくりした羽ばたき。それでも、巨大な生きものは羽ばたきつづけた。やがて、片側に傾《かし》いだぶざまな体勢で、それはついに海面から飛び立った。翼を上下に大きく動かしているものの、海面からほんの一メートルほどしか離れていない。

グリマングか？　ジョーは近づいてくるその巨体にじっと目を凝らした。羽ばたきながら、基地のドーム群のそばまでやってきたが、どれかの上に着地することはなく、そのまま苦しげに飛びつづけた。ジョーは、闇に包まれた空をそれが飛び過ぎてゆくのを耳で聞き、肌に感じた。

同時に、その生物の接近が引き金となったのか、自動警報が作動した。建物のあちこちに設置されたスピーカーから録音された警告が大音量で流れ出す。

「警告、警告！　活動中の偽グリマングが接近。コンディション3の緊急警戒態勢をとってください。警告、警告！　活動中の偽グリマングが――」とたえまなく声ががなりつづける。

海から上がってきたあの巨大生物は、グリマングではなかった。

14

最悪のシナリオが現実になってしまった。グリマングは敗北した。警報を耳にし、ゆさゆさと重く羽ばたく巨大な翼が頭上を飛び過ぎるのを目にしたとき、ジョーはそれを悟った。あの怪物には使命があり、その使命のためにあらかじめ定められた目標へと向かっている。どこへ？　そう自問した瞬間、ジョーはすくみ上がった。あれは、着地もしていないのに、とてつもない重量でこの惑星の地表にのしかかっている。ジョー自身、すくなくとも一瞬のあいだ、のしかかってくる怪物の重みを体に感じた気がした。あれはぼくのことなんか眼中にない。自分にそういい聞かせながらその場にうずくまり、目を閉じて胎児の姿勢をとった。

「グリマング」ジョーは声に出していった。

返事はない。

あれは宇宙港の方角に向かっている。マリたちはこの惑星を脱出できない。ジョーは、飛び過ぎてゆく怪物から、最後の力をふりしぼるような決意を感じとった。グリマングはあれにダメージを与えたが、殺すには至らなかった。グリマングはいま、マーレ・ノストルムの海底に横たわって、たぶん――ほぼ確実に――死にかけている。

潜らなければ。もういちど潜って、グリマングのためにできることがないか、たしかめなければ。ジョーは、さっき使った潜水装備をしゃにむに集めはじめた。酸素タンク、透明マスク、足びれ、水中ライト。ベルトに着けるウェイトも見つかった。熱に浮かされたように準備を進め、ダイビング・スーツに腕を通しているとき、ふと気がついた。いまさらこんなことをしても、なんにもならない。あとの祭りだ。

それに、もしグリマングを見つけたとしても、どうやって救い出す？　グリマングを引き揚げる巻き揚げ機もない。それに、だれが彼を治せる？　ぼくには無理だ。だれにもできない。

お手上げだった。ジョーはウェイト・ベルトをはずし、ダイビング・スーツを脱ぎはじめた。おぼつかない指でファスナーのタブをひっぱる――スーツを脱ぐ作業は、ほとんど自分の能力を超えているような気がした。

ありえない逆転だ、とジョーは思った。いま、グリマングは海の底にいる。そしてブラック・グリマングが――偽グリマングが空を支配している。すべてが逆転し、危険な状況はさらに進んで、カタストロフへと突入した。

でもすくなくとも、あれには襲われずに済んだ。ブラック・グリマングは頭上を通り過ぎていった……より大きな獲物を求めて。

ジョーは海面に目をやった。グリマングとその敵が沈んでいったあたりにライトを向ける。獣皮の破片と羽毛のかたまりらしきものが、光を反射してねばねばと白く輝く。そして、油膜のような濃いしみが、外へ外へと同心円状に大きく広がっている。血だ。よし、あの怪物は傷を負っている。あれがグリマングの血でないかぎりは。

ジョーはぶるぶるぶるふるえる腕を使って桟橋からぎこちなく這い降り、繫留してあるボートに乗り込むと、エンジンをかけて、同心円の中心あたりに向かった。まわりがぬるぬると光る血に囲まれるころ、ジョーはエンジンを切って、ボートを波間に漂わせた。そうやって漂流していても、なにもわからない。それでもジョーはその場にとどまり、どこからしろのほうの黒い海岸線に寄せる、見えない波の音に耳を傾けた。試しに、海に手を入れてみた。その手をライトにかざすと、ねばねばしたものは黒く見えた。だが、血であることはまちがいない。流されたばかりの、大量の血。永久に癒えることのない、治る見込みがない傷からの出血。

その生きものは——これほど大量に血を失えば、どんな生き物だろうと——数日のうちに死を迎える。ことによると数時間のうちに。

海の深みから一本の瓶が浮き上がってきた。ジョーはただちにその場所をライトで照らし、ふたたびエンジンをかけてそちらにボートを近づけた。海面に手を伸ばして瓶をつかみ、拾い上げる。

メモが入っていた。コルク栓を抜き、落ちてくるのを待つのももどかしく、瓶を逆さにして紙片をてのひらに振り出した。ライトで照らし、文面を読む。


朗報！　敵を倒した。わたしはまもなく恢復する。


信じられない思いでもういちど読み返した。冗談だろうか？　こんなときに虚勢を張っているのか？　例の壺は、グリマングのことを食わせ者と呼んでいた。

もっと疑うなら、このメモ自体が偽物かもしれない。実際はグリマングではなく、あの壺に記されていた言葉と同じく、大聖堂がよこしたものかもしれない。黒の大聖堂じゃなくて、グリマングが引き揚げようとしている——あるいは引き揚げようとしていた——ヘルズカラの捏造。

「敵を倒した、か」ジョーはもう一度メモを読み、胸の中でくりかえした。事実と食い違っている。海から出現して飛び去った敵は、たしかに傷を負ってはいたが、致命傷とまでは見えなかった。命に関わる傷を負っているとしたら、それはむしろ、いまなお海の底から浮かび上がれずにいるグリマングのほうではないか。このメモがあるにもかかわらず、ジョーはその疑念を拭えなかった。

と、そのとき、また新しい瓶が海面へ浮かんできた。これまでの二本より小さい瓶だった。ジョーはそれを拾い、ねじ蓋をとって、中に入っていた簡潔なメッセージを読んだ。

さきほどの通信文は、偽物ではない。わたしは元気だ。きみも元気であることを祈る。G。

追伸。もう誰もこの惑星を去る必要はなくなる。彼らにわたしの無事を知らせ、当分のあいだ居住エリアに滞在するよう伝えてくれ。G。

「でも、もう手遅れだよ」ジョーは声に出していった。みんな、もう出発しようとしている。グリマング、あなたは長く待ちすぎた。残っているのはぼくだけ。ぼくと、ウィリスをはじめとするロボットたち。数は多くない。ヘルズカラ引き揚げのためにさまざまな惑星から集められた多数の人材にくらべたら、ゼロに等しい。あなたの〈事業〉はもうおしまいだ。

それに加えて、このメモだって、やはり偽物かもしれない。集められた全員がミス・レイスの指示どおりこの惑星から脱出するのを阻止しようとする、大聖堂の作戦かもしれない。しかし、このメモの文体はいかにもグリマングらしい。もし偽物だとしたら、相当に出来がいい。

ジョーは小さいほうの瓶に入っていた紙切れを手にとって、裏にブロック体で返信をしたためた。

元気なら、なぜ上がってこないんですか？　心配な使用人より。

ジョーは紙片を瓶に詰め、ベルトからとったウェイト一個を入れたあと、蓋をきつく閉めると、ボートの船縁から海に落とした。瓶はたちまち沈んでいった。そして、ほとんど間を置かず、すぐまたぴょこんと浮かび上がってきた。ジョーは瓶を拾って蓋を開けた。

いまは黒の大聖堂を倒そうとしている。終わったら乾いた大地にもどる。自信満々の雇い主より。

追伸。仲間を集めろ。彼らが必要になる。G。

ジョーは確信のないまま、メッセージの指示にしたがうべく、明るい海上基地にボートをもどした。映話を見つけて——何台かあった——受話器をとると、この惑星唯一の宇宙港の管制塔に接続するよう、自動電話システムに指示した。

電話に出た管制塔に、ジョーはたずねた。

「最後の大型船が離陸したのはいつ？」

「きのうです」

「ということは、現在、恒星間宇宙船一隻が離昇準備中？」

「はい」

吉報だ。しかし、ある意味、凶報でもある。「グリマングが、離昇を中止して乗客を下ろし、こちらに来させるようにといっている」

「あなたはグリマング氏の代理として命令する権限をお持ちですか？」

「もちろん」

「証明してください」

「口頭でそういわれたんだ」

「証明してください」

「このまま船を行かせたら、ヘルズカラは絶対に引き揚げられなくなる。そうなったら、グリマングに殺されるぞ」

「それが正しいと証明されるまで待ちましょう」

「ミス・レイスとかわってくれ」

「ミス・レイスとはだれですか？」

「船に乗っている。グリマングの個人秘書だ」

「わたしは彼女からの指示も受けられません。わたしは自律知性です」

「でっかくて真っ黒なやつがバタバタ飛んでこなかったか？」

「来ていません」

「とにかく、そういうやつがいま、そっちに向かってるんだ。いつ現われてもおかしくない。宇宙船から降りるように伝えないと、乗客が全員死亡するぞ」

「神経症的なパニックを誘発しようとしても、わたしの結論は変わりません」と管制塔は答えたが、どことなく不安そうな響きがあった。しばし沈黙が流れた。管制塔があらゆる感覚器官を使って必死に情報を収集しているのが感じとれた。「どうやら」と管制塔がためらいがちにいった。「おっしゃるような対象物が探知されたようです」

「乗客を降ろせ。手遅れにならないうちに」

「でも、いま下船したら、彼らはいいシャモになりますよ」

「カモだ、シャモじゃなくて」

「喩《たと》えはまちがっていても、わたしの主張はまちがっていません」といったものの、管制塔は自信を失いかけているようだった。「では、船内のだれかにおつなぎしましょう」

「急いでくれ」

さまざまな色彩のノイズにつづいて、映話画面に白髪まじりのごつごつした大きな頭が映った。ハーパー・ボールドウィンだ。

「なんだね、ミスター・ファーンライト？」ボールドウィンも管制塔と同じく、極度に神経質な口調だった。「いま出発するところだ。偽グリマングがこちらへ向かっているとのことだが、ただちに離昇すれば――」

「命令が変更になったんです」とジョー。「グリマングは元気で、この海中作業基地に全員が集まるよう求めている。できるだけ早く」

冷静沈着かつ実際的で有能そうな顔が画面に現われた。準女性的な顔。「ヒルダ・レイスです。このような状況下で、わたしたちにとって生存可能な唯一の道は、プラウマンズ・プラネットを退去することです。おわかりのはずですよ。ミス・ヨヘスにも話したとおり――」

「しかし、全員ここに集まるよう、グリマングが求めてるんだ」杓子《しゃくし》定規にもほどがある。官僚主義者め。ジョーはグリマングのメモを画面にかざした。「彼の筆跡はわかるだろ？秘書ならよく知ってるはずだ」

ヒルダ・レイスは眉間にしわを寄せて紙片に見入った。「『もう誰もこの星を去る必要はなくなる』」と声に出して読み上げる。「『彼らにわたしの無事を知らせ――』」

ジョーは次のメッセージを画面にかざした。

「『仲間を集めろ』」とミス・レイスは読んだ。「なるほど。ええ、まちがいありません。グリマング氏の筆蹟です」ジョーに目を向けて、「わかりました、ミスター・ファーンライト。ワージュの運転手と乗りものを手配して、可及的すみやかに海上基地に向かいます。十分から十五分で到着するでしょう。いくつかの理由から、その道中、解き放たれた偽グリマングに襲われる心配はないと思います。では」彼女が電話を切り、画面が暗くなった。

十分か。頭上にはブラック・グリマング。運転手を引き受けるワージュが見つかったらラッキーだ。合成知能建造物である自律管制塔でさえ、あんなに不安がっているのに。

彼らが海上基地まで無事にたどりつく望みはほとんどない。

三十分が過ぎた。ホバークラフトの影も、一行が現われる気配もない。襲われたんだ。みんな死んでしまった。一方、マーレ・ノストルムの底ではグリマングが黒の大聖堂と闘っている。なにもかも、いままさに決着がつこうとしている。

どうしてだれも来ない？　ジョーは心の中で毒づいた。やっぱり襲われたのか？　その死体が水中に漂うか、陸上で干涸らびて白骨をさらすかしているのか。それにグリマングは？　あれからどうしたんだろう。たとえみんなが無事にここまでたどりついたとしても、すべては、グリマングが黒の大聖堂に対して勝利をおさめられるかどうかにかかっている。グリマングが死んだら、ぼくらがここに集まったとしても、なんの意味もない。けっきょく、ぼくらはみんなこの惑星を去ることになる。ぼくの場合は、人口過密の地球に帰還する。いんちきの金、退役軍人失業手当、なにも起こらないうつろな作業房。そして〈ゲーム〉。ろくでもない〈ゲーム〉。残りの一生をそうやって過ごす。

ぼくはこの星を離れないぞ。ジョーは自分にそういい聞かせた。たとえグリマングが死んでも。でも、グリマングがいないこの惑星は、いったいどんなふうになるんだろう。〈本〉に支配される……機械仕掛けの世界。来る日も来る日も〈本〉にねじを巻かれる、自由意思のない世界。毎日なにをするか〈本〉に教えられて、そのとおりに、みずから進んで行動する。そして最後に、死ぬことを〈本〉に教えられて、ぼくらは死ぬ――。

死ぬ。〈本〉はまちがっていた。海の中で見つけるものがぼくにグリマングを殺させることになる、と〈本〉には書いてあったが、そうはならなかった。

とはいえ、グリマングはまだ死ぬ可能性がある。予言は成就するかもしれない。ふたつの闘いがまだ残っている。黒の大聖堂を破壊する闘いと、ヘルズカラを引き揚げるという、おそろしく困難な闘い。どちらの闘いも、その過程でグリマングが死ぬことはありうる。いまこの瞬間にも、彼は死にかけているかもしれない。ぼくらの希望といっしょに。

ニュースをやっていないかたしかめようと、ジョーはラジオをつけた。

「インポテンツ？」とラジオがいった。「オーガズムに達しない？ハードヴァクスなら、失望を歓びに変えられます」それにつづいて、今度はみじめっぽい男の声がいう。「ごめんよ、サリー、自分でもどうしたのかわからないんだ。きみも気づいてるだろ、ここんとこずっとふにゃふにゃだって。みんなに気づかれてる」つづいて女性の声。「ヘンリー、あなたに必要なのは、一日一錠のハードヴァクスよ。ほんの四、五日で、本物の男になれるわ」「ハードヴァクス？　よし、試してみるか」最後に、最初のアナウンサーの声で、「お近くの薬局、もしくは通信──」ジョーはそこでラジオのスイッチを切った。ウィリスがぼやいていた理由がやっとわかった。

大型ホバーカーが一台、海上基地の小さな発着場に降りてきた。そのエンジン音が耳に届き、建物が振動した。じゃあ、無事だったんだ。心の中でそうつぶやき、ジョーは急いで発着場に迎えにいった。熱した熱可塑性合成樹脂のように足がぐにゃぐにゃで、まともに歩けない。

最初に降りてきたのは、長身でいかめしいハーパー・ボールドウィンだった。「やあ、ファーンライト」と親しげにジョーの手を握る。さっきとはうってかわって、いまはくつろいだようすだった。「たいした闘いだったよ」

「なにがあったんだ？」ジョーがそうたずねたとき、今度はきつい顔立ちの中年女性が降りてきた。頼むから、黙って突っ立ってないで教えてくれ。「どうやってあいつから逃げた？」次々にホバーカーを降りてくるメンバーにジョーはたずねた。赤ら顔の大男、落ち着いた感じの年配女性、おどおどした小男。そのあとに降りてきたのがマリ・ヨヘスだった。

「ジョー、落ち着いて。そんなに興奮しないで」

マリのあとから、非ヒューマノイド・タイプの生命体が次々にホバーカーを降りて発着場に出てきた。多脚腹足類、巨大なトンボ、毛むくじゃらのアイスキューブ、金属フレームで体を支えている赤いゼリー、単弁頭足類、やさしそうな二枚貝のヌルブ・ク・オル・ダク、キチン質の殼を輝かせ多数の足でどたどた歩いてくる蜘蛛形生物……そして、ロープのような尻尾を持つ、でっぷりした運転手のワージュ。

さまざまな形態の生命体が、歩いたり這ったりのたくったり滑ったりして、夜の寒い屋外から、海上基地の三つの密閉ドームの中に入っていった。ジョーのそばに残ったメンバーは、マリひとりだけ。それと、運転手のワージュ。この惑星原産のドラッグ植物を巻いた煙草を喫いながら、やりきったという顔で満足げにぶらぶらしている。

「そんなにひどかったのか?」ジョーはマリにたずねた。

マリはまだ青ざめて緊張した面持ちだったが、やがて、ハーパー・ボールドウィンと同じように、だんだんくつろいだ表情になってきた。「ひどかったわ、ジョー」

「だからだれもしゃべろうとしないのか」

「わたしが話す。ちょっと待って」マリはワージュのほうに手を伸ばし、「おねがい、一服だけ喫わせて」マリはふるえながら煙草をとると、待ちかねたように一度だけ深く喫ってから、ジョーのほうにさしだした。「ラルフとここに住んでいたころ、よく喫った。気持ちを楽にしてくれるのよ」ジョーがかぶりを振って断ると、マリはことの次第を話しはじめた。「ええっと、あなたから電話があったあと、わたしたちは宇宙船を降りたの。船を離れようとしたところで、ブラック・グリマングがやってきて、船のまわりを旋回しはじめた。わたしたちはこのワージュのエアタクシーに乗り込んで――」

「離陸したんです」ワージュが誇らしげにいった。

「そう、離陸した。このワージュは、仕事を受ける前に、あらかじめ状況をくわしく教えられていたから、ほとんど地面に触れそうなくらい低空で飛行した。近隣の建物のほんの三メートルくらい上空をかすめ飛ぶようにして、原野に出た。いちばん肝心なのは、このワージュがいつも飛び慣れたルートを通ったということ」マリは運転手に向かって、「どうしてあんな不思議なルートを編み出したんだっけ？　聞いたけど忘れちゃった。もう一度、説明して」

ワージュは灰色の唇から煙草をとり、「所得税法逃れですよ」

「そうそう、そうだった」マリはうなずき、ジョーに向かって、「プラウマンズ・プラネットの所得税率はものすごく高くて、平均して総所得のざっと七〇パーセント。もちろん、所得額によって変わってくるんだけど。ワージュの運転手たちは、同じルートを、いつもは逆向きに飛んでる。つまり、ふだんは郊外の住宅地で客を乗せてから、地元の警察官や徴税官に捕まらないように、ジグザグだったりUターンしたりの複雑なコースを飛んで宇宙港に向かう。首尾よくお客を宇宙船に乗せてしまえば、もう安心。船の中は、大使館と同じく治外法権だから」

「毎度毎度、捕まらないようにちゃんと送り届けてますよ」ワージュが得意げにいった。「お客さんが無事に搭乗するまで。宇宙港に向かってるときは、レーダーつきの警察車にだって見つかりやしない。この十年で、警察に止められたのは一度きり。しかもそのときのお客は、うしろぐらいことはまるでなかった」ワージュは煙を吐き出しながらにやりと笑った。

「つまり、ブラック・グリマングはきみたちを追って飛んできたのか？」

「いいえ」とマリが答えた。「わたしたち全員が降りて二、三分後、まっすぐ恒星間宇宙船に突っ込んだの。現場をじかに見たわけじゃないけど、爆発音から判断するかぎり、船は完全に破壊されて、ブラック・グリマングもそれなりの傷を負ってる」

「だったらどうしてそんな複雑なルートを使って逃げる必要が？」ジョーはけげんな思いでたずねた。

「そのときは名案に思えたのよ」とマリ。「ミス・レイスに聞いた話だと、グリマングは黒の大聖堂を攻撃しているそうね。映話越しに彼女に見せたっていうメモ以降、グリマングからなにか連絡はあった？」

「ない。というか、新しい連絡が来ているかどうか、まだたしかめてない。きみたちが来るのをここで待っていたから」

「あと一分でも長く船内にとどまっていたら、みんな死んでるところだった。間一髪だったのよ、ジョー。こんな経験は二度とごめん。ブラック・グリマングは、恒星間宇宙船があんまり大きいから、生きていると思ったんでしょうね。わたしたちは小さすぎた。ホバーカーは気づかれなかったみたい」

「この星には妙なことがつきものでしてね」ワージュは、長く伸びた親指の爪で歯をせせりながらいった。それからだしぬけに片手を突き出した。

「なんだい？」とジョーはたずねた。「握手？」

「じゃなくて、運賃ですよ。〇・八五クランブルになります。特別ルートでみなさんをここまで運んだら、あなたが料金を払ってくださるという話でした」

「グリマングにつけといてくれ」

「〇・八五クランブル、持ち合わせがないんですか？」

「ああ」

「そちらは？」ワージュはマリにたずねた、

「わたしたち、まだ報酬をもらってないの。グリマングが払ってくれたら、運賃も払えるんだけど」

「警察を呼んだっていいんですよ」とはいったものの、どうやらワージュはしかたがないとあきらめているらしい。根はつつましい生きものなのだ。のちに精算するということで納得してくれるだろう。

マリはジョーの腕をとって、基地の中へと導いた。あとに残されたワージュはむなしくにらんでいるだけで、止めようとはしなかった。「わたしたち、大勝利をおさめたんじゃない？」とマリはいった。「つまり、ブラック・グリマングから首尾よく逃げられたし。それに、ブラック・グリマングは怪我をしてる。あいつはまだ宇宙港にいて、どう処分するか、当局が考えてるんだと思う。まあ、グリマングからの指示を待ってるんでしょうね。何十年もそういうやりかただったから。グリマングがこの星に来て以来。とにかく、ラルフはよくそういってた。グリマングがこの星を支配するやりかたにラルフはとっても興味を持っていて、よくこんなふうに――」

「もしグリマングが死んだら？」とジョーはたずねた。

「そしたら、ワージュは運賃を払ってもらえない」

「そういうことじゃなくて」とジョー。「もしグリマングが死んだら、ブラック・グリマングがその穴を埋めて、この星の支配をまかされるんだろうか？　次善の代役として、同じ地位に就いて？」

「神のみぞ知るね」マリは、さまざまな星からやってきたさまざまな形態の生命体の輪に入っていくと、腕組みをして、ハーパー・ボールドウィンの話に耳を傾けた。

「ファウストはいつも死ぬことになっている」とハーパー・ボールドウィンは親切な二枚貝に向かっていった。

「それはマーロウの戯曲と、彼が参考にした伝説の中だけの話でしょう」とヌルブ・ク・オル・ダクがいった。

「ファウストが死ぬことはだれだって知っている」ハーパー・ボールドウィンは彼と二枚貝を囲む多種多様な生命体の輪を見渡しながら、「そうだろう？」

「死ぬと決まってるわけじゃない」とジョーはいった。

「いや、決まっているとも！」ハーパー・ボールドウィンは力を込めていった。「〈本〉に書いてある。具体的に。読み直してみろ。われわれは〈本〉のことを失念していた。可能なうちにこの惑星を発つべきだったのだ。宇宙船の点火準備が進んでいるうちに」

「そんなことをしたら、全員死んでいた」蜘蛛形生物が興奮したように多数の腕を振りまわしながらいった。「ブラック・グリマングが宇宙船に突っ込んだ瞬間、ひとり残らず死んでいた」

「そのとおり」マリが口をはさんだ。

「たしかにそうですね」ヌルブ・ク・オル・ダクが彼らしい、やさしい口調でいった。

「わたしたちがこうしていられるのは、ミスター・ファーンライトがミス・ヒルダ・レイスに連絡して、グリマングが下船を指示していると知らせてくれたからです。そしてわたしたちは、さいわいにもその指示にしたがった。もし一瞬でも――」

「くだらん」ハーパー・ボールドウィンが吐き捨てるようにいった。

ジョーはライトを持って基地のドームを出ると、桟橋に向かった。ヘリウム充填ライトのまばゆい光で暗い海面を照らし、グリマングの状況を物語るものがなにか浮かんでいないか探した。腕時計に目をやる。グリマングがブラック・グリマングと遭遇し、マーレ・ノストルムの底へ落ち、ドッペルゲンガーと命を賭けた死闘をくりひろげ、さらに黒の大聖堂と闘いはじめてから、もう一時間近くが経過している。グリマングは生きているんだろうか。死んだとしたら、その死体は海面に浮かび上がってくるんだろうか。それとも、ぼくの死体のように衰退の世界にとどまったまま腐肉となり、箱かなにかの中に身を隠しているんだろうか。生命を失いながらも、みずから動くことのないただの物質となるわけでもなく、半生物のような状態で何世紀も過ごす。そして——黒の大聖堂は自由に海面まで浮上し、乾いた大地に上がってこられる。グリマングが死ねば、もうだれもそれを止められない。

新たなメッセージが届いているかもしれない。ジョーは瓶を探して海面の広い範囲をくまなくライトで照らした。

瓶はなかった。なにひとつない。

マリがそばにやってきた。「なにか見つかった？」

「いや」ジョーは短く答えた。

「ねえ。前から思ってたんだけど、グリマングは失敗する運命なのよ。〈本〉が正しい。

ハーパー・ボールドウィンのいうとおり。ファウストはいつも失敗するし、グリマングはファウストの生まれかわり。苛烈なまでの一途な激しさ……伝説は成就するのよ。実際、わたしたちがこうしているあいだにも成就しようとしている」

「かもしれない」ジョーは白い光芒で、なおも海面を照らしつづけた。

マリが彼の腕をとり、体をすり寄せてきた。「もう安全よ。いまなら出発できる。ブラック・グリマングはもう追ってこない」

「ぼくは残る」ジョーはマリから離れ、ライトで海面を照らした。なにも考えていなかった。頭の中は白紙。ただ耳をすまし、待っている。手がかりを、しるしを。海中でなにが起きているかを教えてくれるしるしを。

とつぜん、海面が乱れた。光をさっとそのあたりに向け、目を凝らした。

なにか巨大なものが水面へ浮上しようとしている。なんだ？　ヘルズカラか？　グリマング？　それとも——黒の大聖堂？　ジョーはふるえながら待った。とてつもなく大きなものが海水を沸き立たせ、しゅうしゅう音をたてている。蒸気がもくもくと立ち昇り、静かだった夜がいっぺんに轟音に満たされ、活気づいた。すさまじいエネルギーで沸き返る大釜。

マリが静かにいった。「グリマングよ。ひどく傷ついてる」

15

炎の輪は消えていた。水の輪のほうだけが残って、軋むような音をたてて回転している……まるで、命あるものではなく、機械の断末魔の悲鳴のように。

チームの他のメンバーが桟橋にやってきた。「彼は失敗した」金属フレームに支えられた赤いゼリー生物がいった。「ほら。死にはじめている」

「うん」とジョーは声に出していい、自分の声にびっくりした。傷ついたグリマングのうめきの中で、その声は耳障りに響いた。一行の数名が、その言葉をおうむ返しにした。まるでジョーが布告を発令したかのように。グリマングの生死がジョーの決断にかかっているかのように。「でも、近くに行ってみないと、たしかなことはわからない」ジョーはライトを床に置き、木の梯子を降りて、繋留してあるボートに乗り込んだ。「行って調べてくる」桟橋に手を伸ばしてライトをとると、冷たい夜風にふるえながらエンジンを始動した。

「行かないで」マリがいった。

「すぐもどる」ジョーは食い縛った歯のあいだからそう答えると、もやい綱をほどき、のたうつグリマングの巨体にあおられて激しく波立つ海へとボートを出した。

とほうもない怪我だ。激しく上下に揺れるボートを必死に操縦しながら、ジョーは思った。人間には把握できないくらいスケールの大きな負傷。くそっ。苦い思いを噛みしめる。どうしてこんな終わりを迎えなきゃいけない？　なぜほかの終わりかたじゃいけないんだ？　自分まで死に包まれたかのように、体から力が抜けた。まるで、彼とグリマングが――。

巨大なシルエットが水中でもがいている。波間に横たわる体から血があふれだす。十字架にかけられたキリストのように、まるで血液が無限に共有されるかのように、いつまでも血を流しつづけている。この一瞬が永遠につづくような気がした。ボートに乗って必死に近づこうとするジョーと、もがき、血を流し、死に瀕しているグリマング。なんてことだ。これはひどい。ひどすぎる。それでもジョーはボートを操り、グリマングに近づいていった。

グリマングは体の奥底から声を出した。「わたしにはきみが必要だ――きみたち全員が」

「なにができる？」ジョーはさらに近づいた。いまや、ボートの舳先《へさき》からほんの一メートル先で、グリマングの表皮が引き攣れ、よじれている。血と海水が押し寄せてきて、ジョーはボートが沈むんじゃないかと不安になった。船べりをつかみ、転覆を免れようと重心を移動させたが、血と海水はあとからあとからなおも寄せてくる。このままだと、数秒のうちに溺れてしまう。

心ならずも方向転換し、グリマングから遠ざかった。海水と血の流入は止まったが、気分は最悪のままだった。瀕死の雇い主と感情の絆が強く結ばれ、あいかわらず恐怖と苦痛に苛《さいな》まれている。

グリマングが咳き込みながら、「わたしは――わたしは――」と、もつれる口調でいいかけたが、傷つきのたうつ体の動きのコントロールがきかないのか、体勢が崩れて海面に横倒しになった。

「どんなことでも」とジョーはいった。「ぼくらはかならずやりとげる」

「それは――まったくもって――じつに――ありがたい」グリマングはなんとかそうささやくと、ぐるりと一回転して水面下に沈み、言葉を発することが不可能になった。

とうとう終わった。

うちひしがれたみじめな思いで、ジョーはボートの舵をとり、桟橋へと引き返した。終わった。

もやい綱を結んでいると、仲間たちがやってきて、手伝おうと手をさしだした。マリ、ハーパー・ボールドウィン、そして数体の非ヒューマノイド。

「ありがとう」ジョーはぎこちなく木の梯子を上がった。「彼は死んだ。あるいは、ほとんど死にかけてる。死んだも同然だ」

ミス・レイスとマリがジョーの肩に毛布をかけてくれた。泡と血にまみれた体を毛布が外套のようにあたたかくくるみこむ。やれやれ、ずぶ濡れじゃないか。海水を浴びた記憶はまったくなかった。あのときは、自分が見ているもののことで頭がいっぱいだった。つまり、グリマングのことで。いま、あらためて自分自身に意識を向けてみて……自分が絶望に包まれ、びしょ濡れで凍えていることに気づいた。

「ほら、一服して」マリがジョーのふるえる唇に、火をつけた煙草を一本くわえさせた。「中へ入って。もう見ないで。できることはなにもないんだから。あなたはせいいっぱいやった」

ジョーはふるえる声で、「彼はぼくらに助けを求めた」

「わかってる。みんな、聞いてたのよ」一団は黙ってうなずいた。彼らの顔には消せない苦痛が刻まれていた。

「でも、なにをすればいいのかわからない。どんな助力が可能なのか。ぼくらにできることがあるのかどうかもわからない。グリマングはそれを伝えようとしていた。なにをすればいいか、グリマングが指示してくれていたら、ぼくらがそれを実行できたかもしれないのに。でも、彼が最後に口にしたのは、感謝の言葉だった」ジョーはマリに連れられて密閉ドームの中に入り、基地の暖房であたたまった。

「わたしたちは今夜、この星を発つ」ふたり並んで立っているとき、マリがいった。

「わかった」ジョーはうなずいた。

「いっしょにわたしの星へ来て。地球にもどることはない。もどれば不幸になるだけよ」

「ああ」そのとおりだ。まったくもって、ただ一点の疑問の余地もなく。W・S・ギルバートが書いたとおりに(ギルバート&サリバンの歌劇『ゴンドラの漕ぎ手』劇中歌の歌詞より)。「ウィリスはどこだい?」ジョーはあたりを見まわした。「彼と引用をやりとりしたい」

「引用句でしょ」マリが訂正した。

ジョーはうなずき、「そういったつもりだった」

「ほんとに疲れているのね」

「まさか。ぼくがやったことといえば、ボートで海に出て、グリマングと話をしようとしただけ」

「責任」

「どんな責任? 彼の話さえ聞けなかったのに」

「あなたがした約束。わたしたちみんなのことで」

「とにかく、ぼくは失敗した」

「失敗したのはグリマングよ。あなたじゃない。あなたは彼の言葉を聞いていた——わたしたちみんながじっと聞き耳をたてていた。グリマングは最後までそれをいおうとしなかった」

「彼はまだ海面に浮かんでる?」ジョーはマリの肩越しに、桟橋の向こうの海に目を凝らした。

「海面にいて、ゆっくりこっちへ漂ってきている」

ジョーは火のついた煙草を投げ捨てると、かかとで踏み消し、桟橋のほうに歩き出した。

「ここにいて」マリがとめた。「ここなら寒くない。まだびしょ濡れでしょ。外に出たりしたら死んでしまう」

「ギルバートがどんなふうに死んだか知ってるかい?」ジョーはマリにたずねた。「ウィリアム・シュベンク・ギルバート。彼は溺れている少女を助けようとして心臓発作に襲われた」ジョーはマリを押しのけて遮熱バリアをくぐり、ふたたびドームを出て桟橋に向かった。「ぼくは死なないよ」ついてくるマリにいった。「ある意味、そのほうが残念だけど」

もしかしたら、グリマングといっしょに死ぬほうが有益かもしれない。そうすれば、少なくとも自分たちの気持ちが伝えられる。でも、だれに伝わる? この惑星に残って、それに気づいてくれるのはだれ? スピドルとワージュ。それにロボットか。ジョーは、仲間たちをかきわけて歩きつづけ、桟橋のへりにやってきた。

四本のトーチライトが、いまにも息をひきとろうとしている、かつてグリマングだった巨体を照らした。ジョーは、他のみんなと同じように、黙ってそれを見つめた。発する言葉は思いつかなかったし、どんな言葉も必要ない気がした。あの姿を見ろ。そして、ぼくがこの事態を招いた。ということは、〈本〉はけっきょく正しかった。海に潜ることで、ぼくがグリマングの死のひきがねを引いた。

「きみがやった」とハーパー・ボールドウィンがいった。

「うん」ジョーは冷静に答えた。

「なにか理由が？」多脚腹足類が不明瞭な発音でたずねた。

「ない。愚かさを数に入れるなら別だけど」

「入れようじゃないか」ハーパー・ボールドウィンが耳障りな声でいった。

「じゃあ、どうぞ」ジョーは見た。見た。見た。グリマングが近づいてくる。来る。来る。来る。それから、桟橋のすぐ前まで来て、グリマングが上体を起こした。

「危ない！」マリがジョーのうしろで叫んだ。桟橋に集まっていたメンバーはいっぺんに散り散りになり、大あわてでドームへ逃げこもうとした。

手遅れだった。グリマングの巨体が桟橋にどうと倒れてきた。木材がばりばりと割れ、海に沈む。目を上げたジョーは、外側からその巨体の内側を見た。そして一瞬後、今度は巨体の内側から外側を見ていた。

グリマングは体の中に彼らをとりこんでいた。全員。逃げられた者はひとりもいなかった。ずっと遠くに離れて立っていたロボットのウィリスさえ例外ではない。グリマングの中に囚われ、閉じ込められている。

ジョーは、グリマングが話すのを聞いた——耳を通してではなく、頭の中に聞いた。それと同時に、他の声も聞こえた。グリマング自身の声を上回るほど大きな絶え間ないつぶやきのノイズが電話の混線のように混じる。グループの残りのメンバーたちが、「助けて」「ここはどこ?」「出してくれ」と、怯え騒ぐ蟻たちさながら、たがいにガヤガヤしゃべっている。すると、グリマングの声がさらに大きく——しかし他の声をかき消すほどではなく——轟きわたった。「きょう、きみたちにここへ来るよう求めたのは」とグリマングの声がジョーの頭を砲撃する。「助けが必要だったからだ。わたしを助けられるのはきみたちだけだ」

ぼくらはグリマングの一部なんだ、とジョーは悟った。一部! ジョーは見ようとしたが、目に映るのは渦巻くゼリーのような像だけで、まわりの現実を映すどころか消し去っていた。ぼくは体の中心にいる。だからなにも見えない。へりにいる連中なら外を見られるが、しかし——

「話を聞いてくれ」グリマングの声が轟き、コウモリのようにあちこち飛びまわるジョーの思考を粉砕した。「意識を集中して。でないと、吸収されて、ついには消滅する。そうなれば、わたしにとっても、いや、だれにとっても、なんの役にも立たない。きみたちには、わたしの肉体的実在の中で、それぞれ独立した存在として生き長らえ、一致団結して働いてもらう必要がある」

「いつかは出られるのか？」ハーパー・ボールドウィンが食ってかかった。「いつまでも永遠にここにいなきゃならんのか？」

「外に出たい！」ミス・レイスがパニックにかられたように叫んだ。「出して！」

「お願いです」巨大なトンボが泣きついた。「わたしは飛んだり歌ったりしたい。なのにここに押し込められ、囚われて、ひとりになることさえできない。飛ぶことを認めてください、グリマング！」

「自由にしてください！」ヌルブ・ク・オル・ダクが訴えた。「こんなやりかたは不当です！」

「このままだと殺されちゃう！」

「目的のために、われわれを犠牲にするのか！」

「死んでしまったら、どうやって助けられる？」

グリマングが答えた。「きみたちは殺されるのではない。呑み込まれる」

「つまり、殺されるってことじゃないか」とジョーはいった。

「違う。そうではない」グリマングの声が朗々と轟いた。桟橋の残骸——彼が吸収しなかったわずかな破片の散らばり――から、のろのろと離れはじめた。**潜る。**グリマングの思念がジョーの脳に伝わる――まわりにいる全員の脳にも。**海底まで潜る。時は来た。ヘルズカラを引き揚げなければ。**

いまだ。グリマングは考えた。数世紀前に沈んだものが、ふたたび海面に吐きもどされる。アマリタよ、ボレルよ。汝らは自由になり、大地に帰る。すべてはむかしどおりになるだろう。終わりのない世界。

深み。水が濁ってきた。いくつもの影が、素早く、あるいはのろのろと動いている。たくさんあるが、他と同じかたちのものはひとつもない。海の雪だ、とジョーは思った。這いつくばり、しがみつく、植物の冬。離してくれ。

前方に、ヘルズカラが横たわっていた。青白い小塔、ゴシック様式のアーチ、飛梁《とびばり》、黄金の微粒子を混ぜてつくられた赤いステンドグラス――それらすべてを、グリマングは一ダースの目で見た。ヘルズカラは、工事中の部分をのぞけば、外から持ち上げて引き揚げようとグリマングがはじめて計画したときから変わっていない。これからおまえの中に入る。おまえの一部となり、そして浮上する。おまえはわたしといっしょに浮上して、われわれは岸辺で死ぬ。しかし、おまえは救われるだろう。

黒の大聖堂のぼろぼろになった残骸が見分けられた。ばらばらになっている。わたしが破壊したままの状態だ。なんの役にも立たない、なんの使い途もない朽ち果てた残骸。もうわたしの邪魔をすることはできない。わたしと同じように無力だ。だがわたしは、きみたちみんなのおかげでふたたび活動できる。聞こえるか？　グリマングははっきりと質問した。「聞こえたらいってくれ」

「聞こえます」

「はい」

「はい」次から次に返事の声が上がった。その声を数えると、全員そろっているのがわかった。みんな、彼自身の副形態として、個々に生きて機能している。「よし」グリマングは勝利感に満たされつつ、まっすぐヘルズカラに飛び込んだ。

「ぼくらは生きてもどれるだろうか？」ジョー・ファーンライトは不安な思いでたずねた。

きみたちはな。しかし、わたしは無理だ。グリマングは体の周辺部を持ち上げ、体の正面が可能なかぎり広い面積を覆うように自分自身を伸張した。さあ、ヘルズカラよ。これで、おまえはわたし、わたしはおまえだ。〈本〉の予言に反して、こうなった。

グリマングは沈んだ大聖堂を体の中に抱えた。

よし。耳をすます。グリマングはすでに動きをとめていた。ミスター・ボールドウィン。と、心の声で呼びかける。ミス・ヨヘス、ミスター・ダク、ミス・フレグ、ミス・レイス――聞こえるか？

「はい」不満まじりの、しかし偽りのない答えが返ってきた。グリマングは彼らをひっぱり、それに抵抗する手応えに、彼らの存在や興奮を感じとった。いっしょに来てくれ。グリマングは彼らに語りかけた。生き残るには浮上しなければならない。浮上するにはきみたちの行動が必要だ。ほかに方法はない。最初から、これしかなかった。

「わたしたちはなにをすれば？」いくつもの声が口々にたずねた。

わたしと一体化してくれ。きみたちの技術、能力、経験……すべてをわたしの心に加えてくれ。ミスター・ボールドウィン、きみは離れた場所からものを動かせる。わたしにその力を貸してくれ。みんなにその力を貸してくれ。ミス・ヨヘス、きみは対象物からこびりついた珊瑚を除去する技術を心得ている。いまが腕の見せどころだ。珊瑚の呪縛を解いてくれ。ミスター・ファーンライト、きみは大聖堂の割れた外壁を継ぎ合わせてくれ。外壁は陶製で、きみは陶器職人だ。ミスター・ダク、きみは水力工学のエンジニアだ。いいえ、とダクが訂正した。わたしは図像考古学者です。修復された美術品が専門です。鑑定し、目録を作成し、文化的価値を見積もります。そうか、とグリマングが思念を送った。水力工学の技術者はミスター・ランだったな。うっかりした。名前が似ていたから。

さて、いまからはじめるぞ。まずは最初のトライだ。グリマングは、自分の一部でありながらそれぞれ独立したアイデンティティを持つ相手に呼びかけた。たぶん、われわれはまた沈んでしまうだろう。しかし、また挑戦する。生きているかぎり？とマリ・ヨヘスがたずねた。そう、われわれは生きているかぎり挑戦する、とグリマングは答えた。最後のひとりが死ぬまで。そういうやりかたは不公平じゃないか、とハーパー・ボールドウィンが思った。きみたちは持てるものすべてをわたしに提供してくれた、とグリマングは思った。わたしが死にかけているとき、力を貸したいと熱望した。いま、きみたちは、その願いどおり、わたしに力を貸している。感謝したまえ。喜びたまえ。グリマングは体から多数の突起を伸ばして、大聖堂のまだ切り出されていない床をつかんだ。これまでは、ブラック・グリマングと黒の大聖堂が海底に存在していたから、自分自身の体でヘルズカラを持ち上げるような危険はおかせなかった。だが、いまならできる。

引き揚げの最初の試みは失敗した。大聖堂は珊瑚に根を生やしたように動かない。その大きさと重さと絆でしっかとしがみついている。グリマングは、無駄に終わった試みにエネルギーを使い果たし、息をあえがせた。体じゅう、いたるところが痛み、それぞれ独立した声すべてがパニックと絶望と苦痛の悲鳴をあげている。

ヘルズカラは浮上したくないんだ、とジョー・ファーンライトが思った。

そうなのか？　グリマングがたずねた。どうしてわかる？

自分でつきとめた。ここに潜ったとき。壺に書いてある文字を読んだ。覚えてるだろう？

ああ、覚えているとも。グリマングはおなじみの恐怖を感じた。彼自身を含め、この海底に降りてくるものすべてを包み込む、圧倒的な敗北感。またか、とグリマングは思った。

ファウストはいつも失敗する。しかし、わたしはファウストではない。いや、あんたはファウストだ。おおぜいの声が唱和した。敗北と拒絶がやけっぱちの騒音をつくりだす。さあ、みんなで浮上しよう。グリマングはいった。行くぞ。グリマングは大聖堂の基礎が抵抗するのを感じた。たぶんおまえが正しいんだろうな、とグリマングは思った。そんなことはわかっている、と声が答えた。前もこうなった。またこうなる。いつもいつも、つねにこうなる。しかしわたしは、ヘルズカラを引き揚げられる。グリマングは自分自身に向かって、そして彼らに向かっていった。われわれみんなの力があれば、かならず成功する。

彼らを自分の腕にして、グリマングは持ち上げた。大聖堂の体を自分に引き寄せ、それの意思に反して、上がるように力を込めた。それが抵抗するのを感じて、グリマングは苦い思いと幻滅を味わった。知らなかった。これを知ることがわたしの命を奪うのかもしれない。〈本〉が意味したのはこのことだったのかもしれない。大聖堂はこのままにしておくべきかもしれない。たぶん、そのほうがいい。

大聖堂は上がろうとしない。

グリマングはもう一度トライした。だめだ。上がろうとしない。上がらない。いついかなるときも。だれがやっても。どんな条件がそろっても。

上がるとも、とジョー・ファーンライトがいった。引き揚げられる。黒の大聖堂に負わされた、あなたのその傷が癒えれば。

「なに？」グリマングは耳をすました。いくつもの声がジョーの声に唱和した。あなたがもっと強くなったとき。そのときまで待てばいい。

わたしは自分をもっと強くしなければならない。グリマングはそう悟った。時が過ぎなければならない。わたしの力がおよばない真の時間が過ぎるのを待つ必要がある。わたしが知らなかったのに、彼らはどうしてそれを知っている？　グリマングは耳をすましたが、なにも聞こえなかった。グリマングが挑戦をやめたとたん、全員が黙り込んでしまっていた。ならば、それでいい。いまは空手のままで海面に浮上しよう。そしていつか、そう遠くない未来に、ふたたび挑戦しよう。

そしてもう一度、きみたちを吸収しよう。きみたち全員を。きみたちはもう一度、いまと同じようにわたしの一部になる。わかった、といくつもの声がきいきい答えた。でも、まず解放してくれ。あなたがわれわれを自由にできることを証明してくれ。よし、そうしよう。グリマングはそういって、海面に浮上した。

冷たい夜気がグリマングの表皮を刺した。かすかに、遠い星々が見える。

夜行性の水鳥が数羽、自然のままの浜辺を歩いている。グリマングは、自分の体内に吸収していたキーキー騒ぐ声の主たち全員を勢いよく吐き出してから、ただひとり、ふたたび海に潜った。いまはもう、水中世界は安全だ。敵対勢力におびやかされることもなく、好きなだけ長く海中にとどまれる。ありがとう、ジョー・ファーンライト、とグリマングは思ったが、もう返事はなかった。グリマングの内側は、またグリマングひとりにもどったのだ。

グリマングは、ありがとうの言葉を声に出していい、いいながら孤独を感じた。しばらくのあいだ、彼の中にはおおぜい住んでいたから。しかし……またもどってくるだろう、あたたかな、内部のおしゃべりたちが。

グリマングは傷の具合を調べてから、海面に半分浮かんだ状態でゆったりと体の力を抜き、そして待った。

濡れた砂の上に立って寒さにふるえながら、ジョー・ファーンライトは耳をすまし、「ありがとう、ジョー・ファーンライト」というグリマングの声を聞いた。なおも耳をすましたが、それ以上はなにも聞こえなかった。

グリマングの姿を見ることはできた。巨体は、海岸から二、三百メートルの沖合いに横たわっている。ぼくらは彼に殺されていたかもしれない。それに彼自身も、大聖堂を引き揚げようとする過程で命を落としていたかもしれない。グリマングが聞き入れてくれて助かった。

「間一髪だった」ジョーは、砂浜のあちこちに散らばっている仲間たちに声をかけた。とりわけ、すこしでもあたたまろうとジョーに体をすり寄せているマリ・ヨヘスに向かって。「ほんとに危なかった」と半分ひとりごとのようにいって、目を閉じた。ともかく、グリマングは解放してくれた。あとは、家か道路に出るまで歩くだけ。グリマングがぼくらをとりもどそうとしないかぎりは。

でも、それはありそうにない。ともかく、当分のあいだは。「プラウマンズ・プラネットに残る？」とマリがたずねた。「それがなにを意味するか、わかってるでしょ。グリマングは、この星に残った全員をまた吸収する」

「ぼくは残るよ」

「どうして？」

「〈本〉がまちがっていたと証明されるところをこの目で見たい」

「もう証明されたじゃない」

「決定的かつ永久的に、という意味だよ」この段階では、〈本〉が正しい可能性はまだある……あした、またはあさって、なにが起きるかわからない。ぼくがグリマングを殺す可能性はまだある。なにか間接的な方法で。

だが、もうそんなことは起きないだろうとわかっていた。もう遅すぎる。多くのことと同様、いまとなってはとりかえしがつかない。カレンドたちの命運は尽きた。彼らの力は消えた。

「でも〈本〉はほとんど正しかった」明らかにカレンドたちは勝ち目を計算している。長い目で見れば、カレンドは概して正しい。しかし、ある特定の瞬間には――たとえば今度のことでは――彼らはまちがっている。今度の件では、グリマングの文字どおりの物理的な死と、ヘルズカラの文字どおりの物理的な引き揚げとが重要な意味を持っていた。

それに関連していえば、最終的な出来事――たとえば、いつかこの惑星が太陽に呑み込まれるとか――は、たいして重要ではない。あまりに遠い未来の話だ。最終分析の結果は、カレンドが正しいかもしれない。彼らの予言は、熱力学の法則や宇宙の熱死のような、宇宙全体の趨勢と関係している。そしてもちろん、グリマングもいつかは死ぬ。ジョー自身も死ぬ。だれもが死ぬ。しかし、いま、ここでは、ヘルズカラはグリマングの恢復を待っている。そして、彼は恢復する。そして――大聖堂は海中から引き揚げられる。グリマングが計画したとおりに。

「わたしたちは多脳存在だったのね」とマリがいった。

「なんだって？」

「集合精神。ただし、グリマングに従属していたけれど。でも、ほんのちょっとのあいだ――」と身ぶりをして、「十を超える星系から集まったわたしたち全員が、単一の生命体として活動した。ある意味、わくわくする体験だった。自分ひとりきりじゃ――」

「――ないことは」

「そう。ふだんのわたしたちがどんなに孤立しているか、どんなに切り離されているかがわかった。通常のわたしたちは、他のすべてから……とりわけ他の生命体から引き離されている。グリマングに吸収されたとき、その状態が終わった。わたしたちはもう、個々の失敗者ではなくなった」

「終わった。でもまたはじまった——とりあえず、いまは」

「あなたがこのプラウマンズ・プラネットに残るなら、わたしも残る」

「どうして？」

「集合精神が気に入ったのよ。集団の意思。あなたの星のいいかたにならえば、ここが活動拠点」

「地球では、だれもそんなこといってないよ。もう百年近く」

「わたしたちの教科書は古すぎたのね」マリが残念そうにいった。

砂浜のあちこちに立っているメンバーたちに、ジョーは大声で呼びかけた。「そろそろホテル・オリンピアにもどろう。熱い風呂に入って、食事にしよう」

「それからひと眠り」とマリがいった。

ジョーは彼女の体に腕をまわした。「なんでもいいよ、ヒューマノイドがふつうやるようなことなら」

16

一日が二十六時間あるプラウマンズ・プラネットの時間で八日後、グリマングはグループに再招集をかけた。集合場所は、暖房と照明が完備した海上基地の密閉ドーム。メンバーが到着するたび、ロボットのウィリスがひとりずつ名簿と照らし合わせてチェックした。全員が揃うと、ウィリスがグリマングにそれを伝え、一行はグリマングの到来を待った。

グループ全員の中で、ドームにやってきたのがいちばん最初だったジョー・ファーンライトは、どっしりした椅子のひとつに心地よく陣どって、プラウマンズ・プラネット産の煙草に火をつけた。

この一週間は楽しく過ごした。しじゅうマリと会い、心やさしい二枚貝のヌルブ・ク・オル・ダクと友人になった。

「デネブ第四惑星でよく知られた小咄《こばなし》なんですが」と二枚貝はいった。「あるフレブが、グランク一匹を五万バーフルで売ろうとしたんです」

「フレブというのは？」ジョーはたずねた。

「なんというか」二枚貝は苦労して体を波打たせながら、

「一種の莫迦者ですね」

「バーフルというのは？」

「貨幣単位ですよ、クランブルやラブルのような。とにかく、だれかがそのフレブにこうたずねたんです。『そのグランクに五万バーフル出すやつがいるとでも思ってるのかい？』と」

「グランクというのは？」

二枚貝はまた体を波打たせた。今度はその労力のせいで体表が鮮やかなピンク色になっている。「ペットですよ。無価値な下等動物。ともあれ、フレブはその質問に答えて、『いたとも』『いた？　ほんとか？　おまえのグランクを五万バーフルで買ったやつがいたって？』『もちろん。代金として、二万五千バーフルのピドニド二匹をちゃんと受けとったからね』」

「ピドニドというのは？」

二枚貝はあきらめて、殻をぴしゃりと閉めて中にこもり、うんともすんともいわなくなった。

ぼくらは緊張している。ヌルブ・ク・オル・ダクさえも。と、ジョーは思った。全員に緊張が伝染している。

マリが入ってくると、ジョーは立ち上がって、椅子をとってきた。「ほら、こっち」

「ありがとう」とつぶやくようにいって、マリは腰を下ろした。顔色が悪く、煙草に火をつけるとき、指がふるえていた。「かわりに火をつけてくれればよかったのに」と半分冗談のようにいうと、部屋の中を見まわし、「わたしが最後みたいね」

「着替えてたの？」

「ええ」マリはうなずいた。「ふさわしい服装で、これからやることに臨みたいと思って」

「多脳融合にふさわしい服装って？」

「これよ」マリは椅子から立ち上がって、緑色のスーツをジョーに見せた。「特別な場合のために、一度も袖を通さずにとってあったの。いまがその特別な場合」また腰を下ろし、きれいな長い脚を組んで、勢いよく煙草をふかしはじめた。もの思いに耽っているらしく、ジョーの存在を半分忘れているように見えた。

グリマングが入ってきた。

はじめて見る姿だった。四角い袋のようなかたちの生物。それを観察しながら、グリマングはどうしてこの生物の姿を採用したんだろうと自問した。どこの星系の生物がモデルなんだろう。

「親愛なるわが友人諸君」グリマングが朗々と語りはじめた。声は前と変わっていない。「まず最初に、わたしが肉体的に一〇〇パーセント恢復したことをお伝えしたい。ただし、心理的にはまだ若干のトラウマが残っていて、ところどころ記憶に欠落がある。第二に、きみたち全員について、すでに検査を実施済みだ。きみたちに通知することも、一切の不便をかけることもなくデータをとらせてもらった結果、きみたちもまた、肉体的にはベストの状態にあることがわかった。ミスター・ファーンライト、きみにはとくに感謝したい。時期尚早だった大聖堂引き揚げの試みを思いとどまるよう、わたしに強くいってくれて助かったよ」

ジョーはうなずいた。

しばし間を置いてから、袋形生物はふたたびスリットのような口を開き、「みんな、きょうはずいぶん静かだな」

ジョーが立ち上がり、グリマングとまっすぐ向き合った。「ぼくらが今度の作戦を生き延びる確率は？」

「上々だ」とグリマング。

「でも、一〇〇パーセントではない」

「きみたちに誓約しよう。もし自分の力が弱まっているのを感じたら――引き揚げは無理だと思ったら――その時点で海面に浮上し、きみたちを解放する」

「で、そのあとは？」とマリ。

「そのあとは、また潜って、もう一度トライする。引き揚げに成功するまで、何度でも」

袋のような体の中央にある三つの陰気な目がぱっちり開いた。「そういうことかね？」

「ええ」金属フレームに支えられた赤いゼリー生物がいった。

「きみたちはほんとうにそれしか気にしていないのか？」グリマングは全員にたずねた。

「わが身の安全だけ？」

「そのとおりです」と答えながら、ジョーは妙な気分だった。そう口にすることで、ジョーは、グリマングが醸し出しているひたむきな雰囲気を無にした。団結して努力するかわりに、個々の生命こそ第一だと宣言してしまった。それでも、そうしなければならなかった。それがグループ全体のコンセンサスであり、ジョー自身の気持ちでもあった。

「諸君の身になにか起きる心配はない」とグリマングはいった。

「なにか起きるより早く、ぼくらを海面へ、乾いた陸地へと連れもどすことができたら、という条件つきでしょう」

グリマングは中央の三つの目で、長いあいだジョーをじっと見つめた。「わたしは一度、現にそれをやった」

ジョーは腕時計を見た。「では、はじめましょう」

「遅れていないかたしかめるために、きみは宇宙の時間を計るのか？」とグリマングはいった。「星々にメジャーを当てるのか？」

「あなたの時間を計っているんですよ」ジョーは率直に答えた。「投票の結果、あなたに二時間与えると決まったんです」

「たった二時間？」三つの目が呆れたようにジョーを見つめた。「ヘルズカラ引き揚げに与える時間が？」

「そのとおり」とハーパー・ボールドウィンがいった。

グリマングはしばらく黙り込んだ。ようやく口を開き、「知ってのとおり、わたしはきみたち全員を、いつでも好きなときに、多脳融合させられる。そののち、解放を拒否することもできる」

「そういう事態にはならないでしょう」多脚腹足類がかん高い声でいった。「融合中であっても、わたしたちは協力を拒否できます。そして、わたしたちの協力がなければ、引き揚げは実行できない」

袋形の生物は、激しい憎悪にふくれあがった。魔王のような迫力。このもろそうな容れものの中に、重量四万トンの生物の怒りが詰まっている。しかしやがて、グリマングはじょじょに落ち着きをとりもどし、比較的冷静な状態にもどった。

「現在、午後四時三十分」ジョーはグリマングにいった。「六時三十分までの二時間でヘルズカラを引き揚げ、ぼくらを地上へ返してください」

袋形の生物は偽足を伸ばして本体のポケットからカレンドの〈本〉をとりだした。ページを開き、丹念にテキストを読む。それから、考え込むように〈本〉を閉じ、もう一度

〈本〉をポケットにしまった。

「なんと書いてありました?」きつい顔立ちの中年女性がたずねた。

「わたしにはヘルズカラを引き揚げることはできないと書いてある」とグリマング。

「あと二時間」とジョーはいった。「いや、いまはもう、二時間を切ってますよ」

「二時間も必要あるまい」グリマングは威厳をもって姿勢を正した。「一時間で引き揚げられなければ、あきらめて、きみたちをここにもどすことにしよう」グリマングは向きを変え、ドームを出ると、再建されたばかりの栈橋へゆうゆうと出ていった。

「ぼくらはどこにいれば?」とたずねながら、ジョーはグリマングのあとについて、暖房された密閉ドームを出た。夕暮れ間近の外の空気はすでに冷たい。

「水辺にいろ」グリマングの口調には怒りと傲慢さが同時に聞きとれた。グループの態度が、彼の決意を強めたらしい。

「幸運を」とジョーはいった。

他のメンバーも、飛んだり、這ったり、歩いたりして栈橋に出てきた。グリマングの指示どおり、彼らは横一列に水辺に並んだ。グリマングは最後に一度だけ全員を見渡してから、木の梯子を伝って海へ降りた。その姿は、水の輪と泡だけを残して、たちまち海面下に消えてしまった。もしかしたら永遠に。彼は——それにぼくらは——二度ともどらないかもしれない。

かたわらに立つマリがいった。「怖い」

「もう、そう長くはありませんよ」赤ちゃん人形のような細いもつれた髪の毛の、ぽっちゃりした女性がいった。

「あなたのご専門は？」とジョーは彼女にたずねた。

「岩から石材を切り出すことです」

そのあとはだれも口を開かず、彼らは無言のままで時を待った。

融合は、とてつもない衝撃だった。ジョーにとってだけではなく、他のメンバーにとっても同じだったらしい。いくつもの怯えた声が混じり合って大きくなり、押し寄せてくる――仲間たちの声と、グリマングの圧倒的な存在、思考、欲求、そして――ジョーは悟った――恐怖。融合以前にはわからなかったが、グリマングの中には、怒りと傲慢さに隠れるようにして、不安の核がある。いまやグループの全員がそれに気づき……彼らが気づいたことにグリマングは気づいた。彼らの穿鑿《せんさく》をうまくかわそうとするように、グリマングは思考を切り換えた。

「グリマングは怯えてるわ」既婚者らしい落ち着いた女性が断言した。

「ええ、すごく怯えていますね」おどおどした小男がかん高い声で答えた。

「わたしたちよりも」と蜘蛛形生物がつけ加えた。

「わたしたちの一部よりも」と巨大なトンボが訂正した。

「ここはどこだ?」赤ら顔のがっしりした体つきの男が叫んだ。「もうぜんぜん方向がわからない」と、パニックが混じる口調でいう。

「マリ?」ジョーは呼んだ。

「ここよ」マリはすぐそばに、触れられそうなほど近くにいるようだが、手を伸ばそうにも、ジョーには伸ばす手がなかった。前回と同じく、死骸にわいた蛆虫《うじむし》のように、グリマングの巨体の一箇所に深く食い込んでいる。ジョーのみならず、メンバーのだれにとっても、独立した動きは不可能だった。精神だけの存在……その奇妙な感覚は、ジョーにとって不快だった。

それでも、いまふたたび、彼は大きく拡張していた。他の全員によって、とりわけグリマングによって、掛け算式に大きくなっていた。自分ではどうしようもないまま、計算不能の潜在能力を持つスーパーノーマルな生命体の一部になっている。グリマングにとっても、大々的な拡張だった。ジョーはグリマングの大脳活動に注意深く耳を傾け、新たに獲得した鋭敏さとパワーに瞠目した。

彼らは大海の深みに落ちていった。

「ここはどこだ?」ハーパー・ボールドウィンが不安げにたずねた。「よく見えない。わたしは奥に入りすぎた。見えるか、ファーンライト?」

グリマングの目を通して、ジョーは前方にそびえるヘルズカラの輪郭を見分けることができた。グリマングは一瞬も時間を無駄にせず、すばやく行動した。二時間というタイムリミットを真剣に受けとめているのは明らかだ。グリマングは、大聖堂全体を抱きかかえようと、体を伸ばした。全エネルギーを数分の一秒に凝縮し、ぜったいに引き離されない力で大聖堂を抱えようとした。

が、そのときとつぜん、グリマングが動きをとめた。なにかがヘルズカラから起き上がり、ぼんやりした影がグリマングに正対した。グリマングの断片的な素早い思考が次々に押し寄せてきて、ジョーを呑み込んだ。それらの断片から、ジョーはグリマングがなぜ動きをとめたのか、前方のぼんやりした影がなんなのかを知った。

〈霧もどき〉。太古から生き残った、その一体。それがグリマングとヘルズカラのあいだに立ちはだかっていた。

物理的に、字義どおりに、それは行く手をふさいでいた。

「クエストバルよ」とグリマングはいった。「おまえは死んだ」

「そして」と霧もどきは答えた。「この惑星にいる他のすべての死んだ者と同じく、わたしはいまここに生きている。このマーレ・ノストルムに。この惑星では、何者も、完全に死ぬことがない」霧もどきは片腕を上げ、まっすぐグリマングを指した。「もしヘルズカラをこの深みから乾いた大地へ引き揚げれば、アマリタへの、ひいてはボレルへの信仰を復活させることになる。その覚悟はあるのか？」

「ああ」とグリマングはいった。

「そして、それとともにわれら自身も、かつてのようになる」

「ああ」

「おまえはもう、この惑星の支配種ではなくなる」

「ああ。わかっている」グリマングの中で、いくつもの思念があわただしく飛びかったが、それらは恐怖ではなく、緊張だった。

「それでも大聖堂を引き揚げるつもりなのか？　そうと知りつつ？」

「大聖堂は乾いた大地になければならない。もともと属していた世界にもどされねばならない。この衰退の世界にあるのではなく」

「ならば、もう止めることはすまい」霧もどきは脇に寄った。

喜びがグリマングを満たした。ヘルズカラをつかまえようと、前に飛び出した。彼ら全員が、それといっしょに、大聖堂に向かって伸張した。全員がいっしょになって大聖堂をつかんだ。そして、そうするあいだに、グリマングの変化がはじまった。グリマングは時の流れを急速に遡り、はるかむかしに捨て去った姿へとふたたび戻っていった。力強く、荒々しく、賢明になった。それから、大聖堂を持ち上げると同時に、グリマングはまた変化した。

グリマングは巨大な雌性生物となった。

時間遡行は、いまや大聖堂にも及んでいた。ヘルズカラも変化していた。グリマングの腕の中で、大聖堂はすっぽりと繭にくるまれた胎児になった。繭の絹糸にやさしく包まれてすやすやと眠る、小さな子どもの生きもの。グリマングはなんの苦労もなく、それを海面まで引き揚げた。大聖堂が海面を割って、夕暮れ間近の冷たい太陽のもとに姿を現わしたそのわずかな一瞬、全員が歓喜の叫びをあげた。

なぜ変化したんだろう。ジョーは不思議に思った。

グリマングがその問いに思念で答えた。それは、わたしたちが雌雄同体だったから。わたしの女性としての面は長年にわたって抑圧されていた。それをとりもどすまで、わたしには大聖堂をわが子とすることができなかったのです。当然そうしなければならないのに。子どもの生きものの重みで、乾いた大地がたわみ、崩れた。ジョーは、途方もない重みに耐えかねて大地が沈んでゆくのを感じた。しかし、グリマングにあわてるようすはなかった。彼女はすこしずつ大聖堂を離していった。離したくない、わが身からまた切り離すに忍びないというふうに。わたしはこれだ、と彼女は思った。これはわたしの一部だ。

雷鳴が轟き、雨が降りはじめた。静かに激しく降る雨がすべてに浸み込んでゆく。大聖堂から流れ落ちた雨水はくねくねと曲がりながらマーレ・ノストルムへ流れ込んでゆく。いまや大聖堂は、いつものかたちへとじょじょに戻りつつあった。子どもの生きものはすこしずつ消えて、かわりにコンクリートや石や玄武岩、飛梁やそそり立つゴシック様式のアーチが現われてきた。金の微粒子を混ぜてつくる赤いステンドグラスが、雨雲の隙間から射す陽光を浴びて輝く。

終わった、とグリマングは思った。これで休める。大きな夜の漁師は勝利を手にした。すべてはふたたび正しいありようにもどった。

ぼくらを解放してくれ、とジョーは思った。まだそれが残っている。

「そうだ！」他のメンバーも声を揃えた。「出してくれ！」

グリマングはためらった。ジョーは、彼女の中で、相争う考えがせめぎあっているのを感じた。いいえ。とグリマングは思った。あなたたちのおかげで、わたしは大きな支配力を持っている。あなたたちを解放したら、また沈んでしまう。小さな存在へと縮んでしまう。

それでも解放しなければならない、とジョーは思った。そういう誓約だったのだから。

たしかに、とグリマングは考えた。でも、わたしの一部でいれば、得られるものがたくさんあるのよ。わたしたちは千年にわたって活動をつづけられるし、わたしたちのだれも、ひとりぼっちになることはない。

「投票しましょう」とマリ・ヨヘスがいった。

ええ、とグリマングは思った。あなたたちで投票して、決めてください。だれがわたしの中に残ることを望み、だれがわたしから分離して個々の存在にもどることを望むのか。

わたしは残る、とヌルブ・ク・オル・ダクが思った。

わたしも、と蜘蛛形生物が思った。

投票はつづいた。ジョーはそれぞれの選択を注意深く聞いた。ある者は残ることを望み、またある者は自由になることを望んだ。

ぼくは解放されたい。自分の投票の番が来たとき、ジョーはいった。それを聞いて、グリマングは落胆に身震いした。ジョー・ファーンライトよ、あなたは彼らの中でベストです。残ろうと思わないのですか？

思わない、とジョーは答えた。


ジョーは、ぼんやりした黒い影が点在する暗い岸辺を歩いていた。プラウマンズ・プラネットに広がる原野のどこか、植物がびっしり生い茂る湿地帯。いつからここにいるんだろう。わからない。いつか、しばらく前には、グリマングの中にいた。いまは、尖がった小石が足の裏を刺す砂地を、痛みに耐えてとぼとぼ歩いている。

ぼくはひとりぼっちなんだろうか。そう自問して立ち止まり、薄暗がりに目を凝らして、近くに生命体がいないか見分けようとした。

多脚腹足類がくねくね近づいてきた。「わたしはあなたといっしょに出てきました」と腹足類はいった。

「ほかにだれか？」

「最終投票では、わたしたちふたりだけでした。他は全員、残りました。信じがたいことだと思いますが、そうなのです──みんな残りました」

「マリ・ヨヘスも？」

「はい」

では、そういうことか。ジョーは、数世紀の重みがどっと肩にのしかかるのを感じた。大聖堂を引き揚げる大仕事のあと、今度はマリを失うとは。「ここがどこか知ってる？」ジョーは多脚腹足類にたずねた。「もうあんまり遠くまで歩けそうにないんだけど」

「わたしもです。しかし、北のほうに光が見えます。すでにそれを目標に設定して距離を算出し、そちらに向かって進行を開始しています。一時間後に到着予定です。歩行速度の見積もりがまちがっていなければですが」

「そんな光、ぼくには見えない」

「わたしの視力はあなたのそれを上回っています。二十分後にはあなたにも見えるはずです。かすかに瞬いています。きわめて弱い光です。おそらく、スピドルの村でしょう」

「スピドルか。ぼくらはこの先一生、スピドルの村で暮らすのか？　みんなやグリマングと別れた結果がこれ？」

「あそこからホバーカーでホテル・オリンピアにもどって所持品を回収し、そのあと、故郷の星へ帰ることができます。わたしたちはいい仕事をしました。この惑星にやってきた目的を果たしたのです。喜ぶべきでしょう」

「うん」ジョーはいった。「喜ぶべきだね」

「たいへんな偉業ですよ」多脚腹足類は重ねていった。「わたしたちの仕事によって、ファウストはつねに失敗すると主張する伝説が、現実に照らして偽であるのみならず——」

「その話は」ジョーは途中で口をはさみ、「ホテル・オリンピアに帰りついてからにしよう」といって歩き出した。一瞬ためらったあと、多脚腹足類もそのあとにつづいた。

「あなたの惑星では、状況はとても悪いのですか？」腹足類がたずねた。「母星《おくに》の言葉でいう、地球《オン・アース》では？」

「『この地上でも《オン・アース》』」とジョーはいった。「天の国でと同じように（「マタイによる福音書」六章十節）」

「では、悪いんですね」

「まあね」とジョーはいった。

「いっしょにわたしの星に来ませんか？　仕事ならあります……あなたは壺なおしでしたね」

「うん」

「ベテルギウス第二惑星には陶器がたくさんあります。あなたの仕事には大きな需要があるでしょう」

「マリ」ジョーは半分ひとりごとのようにいった。

多脚腹足類は言外の意味を察して、「なるほど。でも、彼女は来ませんよ。グリマングの中に残りました。他のメンバーと同じく、失敗した人生にもどるのが怖いんです」

「マリの星へ行ってみようかと思ってるんだ。マリに聞いた話だと——」ジョーは話すのをやめて、無言で歩きつづけた。

「とにかく」ジョーはしばらくしてまた口を開いた。「地球よりはましだろう」それに、やっぱりヒューマノイドの社会で暮らしたい。ひょっとしたら、マリみたいな女性と巡り会えるかもしれない。少なくとも、可能性はある。

ふたりは黙ったまま、はるか彼方のスピドルの居留地に向かって歩きつづけた。どちらもすっかりくたびれてしまい、休み休み、遅々とした歩みだったが、それでもすこしずつ近づいていった。

「あなたの問題について、ひとつ考えがあるのですが」と多脚腹足類が話しかけてきた。「あなたは新しい壺をつくるべきだと思います。ただ古い壺を修繕するだけではなく」

「でも、父親の代から、壺なおしが仕事だった」

「グリマングが大志を実現したのを手本にして、それに倣《なら》うんです。グリマングはあの〈事業〉でカレンドの〈本〉と闘い、勝利をおさめました。それによって、運命そのものの専制支配も打倒した。あなたも創造しなさい。運命と闘って仕事をしなさい。やってみなさい」

『やってみなさい』か」自分で新しい壺をつくることを、ジョーはいままで一度も考えたことがなかった。技術的には、つくりかたはわかっている。陶器がどのようにつくられるのか、正確に理解している。

「グリマングがあなたのために用意した工房には、あらゆる道具類と材料が揃っています。あなたの知識と能力があれば、すばらしい壺ができるでしょう」

「わかった」ジョーはかすれた声でいった。「わかった。やってみるよ」

ジョーは、真新しい、ぴかぴかの工房に立っていた。頭上の照明から光が降り注いでいる。もう一度、あらためて装備を点検した。大きな作業台と、三台のウォルドーと、オートフォーカス機能付き拡大鏡と、十種類の熱針と、あらゆる色調・明度・色相が揃った釉薬。無重力エリア。湿った陶土を入れた瓶。電動式ろくろ。

希望が湧き上がってきた。必要なものはすべてここにある。ろくろ、陶土、釉薬、窯。瓶を開けて、灰色の陶土をひとかたまりつかみ出した。ろくろのところまでそれを持っていってから、スイッチを入れ、回転するろくろの真ん中に陶土を落とす。はじめての挑戦にしては悪くない。両の親指に力を込めて陶土の中央部分をへこませながら、ほかの指でまわりの壁を高くしてゆく。なるべく均等に。陶土の壁はどんどん高くなり、親指はどんどん深く潜り込んで中央をくぼませる。

とうとう完成した。

赤外線加熱炉で乾燥させてから、単色の釉薬をかけて壺を彩った。もう一色？　二色目の釉薬を選んだ。これでじゅうぶん。窯入れの頃合いだ。

あらかじめ熱しておいた窯に壺を入れ、扉を閉めると、作業台の前の椅子に腰かけて待った。時間はたっぷりある。なんなら、残りの一生を費やしてもいい。

一時間後、窯のタイマーがピンと音をたてた。窯の電源が切れている。壺が焼き上がった。

石綿の手袋をつけ、ふるえる手をまだ熱い窯の中に入れて、青と白に焼き上がった背の高い壺をとりだした。ぼくのはじめての壺。作業台に運び、照明の下に置いて、じっくり眺めてみた。職業的な目で、壺の美術的価値を見積もる。自分の作品第一号を見定め、それを通じて、このあと自分がつくる壺がどんなものになるか、壺つくりとしての未来はどうなのかを評価した。その評価次第では、グリマングや他のみんなと――とりわけ、心から愛したマリと――別れたことがまちがいではなかったということになるかもしれない。

その壺は、ひどい出来だった。

訳者あとがき

本書は、一九六九年六月にバークリーからペーパーバック・オリジナルで刊行された *Galactic Pot-Healer* の全訳にあたる。フィリップ・K・ディックの単独作としては二十四冊目の長篇。刊行順で言うと、『アンドロイドは電気羊の夢を見るか?』の翌年、『ユービック』の翌月に出ているが、完成度の高さで知られるその二冊とは対照的に、こちらの中身はおそろしくぶっ飛んでいる。

そもそも、タイトルからして『銀河の壺なおし』ですからね。なんだそりゃ。一応解説すると、原題にある pot-healer という見慣れない言葉は、たぶん著者の造語。healer といったらふつうは治療者のことなので、直訳すると〝壺の癒やし手〟とか〝壺治し〟となる。サンリオSF文庫から一九八三年に出た最初の邦訳版では『銀河の壺直し』と題されていたが、それだと healer のニュアンスが伝わりにくいので、今回の新訳を機に『銀河の壺治し』と改題……しようと思ったが、漢字が続くと、どうも字面が読みにくい。かと言って、『銀河のつぼ治し』だと、宇宙を股にかける鍼灸師の話かと思われそうなので、迷った挙げ句、〝壺なおし〟という表記を採用することにした。

思い起こせば、僕がこの小説と出会ったのは、高知に住んでいた高校生の時分。地元の新刊書店のペーパーバック棚で、出たばかりのPan Books版（イギリス版）を見つけ、イアン・ミラーのシュールなカバー（海中の大聖堂のまわりに奇怪な異星生物がうようよ集まっている絵柄）と、なんだか凄そうな題名に惹かれて手にとったのがファースト・コンタクトだった。たぶん一九七八年前後だと思う。もっとも、当時はまだディックに目覚める前だったので、この初めて買った未訳のPKD長篇はそのまま本棚の肥やしになり、イアン・ミラーの絵が小説の内容に意外と忠実だったと知ったのは、サンリオ版の翻訳を読んだ八三年のことだった。題名も変だけど、中身はもっと変。というか、数あるディック長篇の中でも、これってきわめつきの異色作じゃないの？

と、強烈な印象を受けた記憶があるその本を新訳しないかという話を早川書房編集部の清水直樹氏からいただいて、あらためて読み直してみたところ、これがめちゃくちゃ面白い。後半の展開をすっかり忘れていたおかげで、新鮮な驚きを味わうことができた。どうしてこんな話になるのかさっぱりわからないが、それがディックSFの醍醐味か。

このへんで本書の中身をかいつまんで紹介すると、われらが主人公ジョー・ファーンライトは、父親の代からの壺なおし。といっても、いまや陶器はプラスチックにとってかわられて、新しいものはつくられていない。陶器のほとんどは先の大戦で破壊され、現存するものは貴重品として大切に保管されているため、壺なおしの注文はゼロ。毎朝、小さな個人用作業房に出勤しても仕事はなく、政府から支給される失業手当で食いつなぐだけ。『フロリクス8から来た友人』に出てくるタイヤの溝掘り職人だの、『ザップ・ガン』の兵器ファッション・デザイナーだのとくらべたら、陶器修復業というのはまだしもまともな職業に見えるが、その実態はけっこう悲惨なのだった。

ヒマを持てあましたジョーの唯一の娯楽は、回線越しに世界各地の知り合いと興じる〈ゲーム〉。英語の小説や映画のタイトルを外国のコンピュータに音声入力して外国語に翻訳させ、それをもう一度コンピュータ英訳したフレーズから、もとのタイトルを当てる。インターネットもパソコンも存在しない半世紀前の時点でこんな暇つぶしを考えたディックは、先見の明があったというべきか。作中の例だと、たとえば、フィッツジェラルドの『グレート・ギャッツビー』*The Great Gatsby* は、音声入力の時点で〝The Grate Gatbee〟（鉄格子ハジキ蜂）と解釈され、それを外国語に訳したものを再英訳すると、〝The Lattice-work Gun-stinging Insect〟（格子細工銃刺し昆虫）になる。

作者名もクイズの一部になっていて、Ernest Hemingway（アーネスト・ヘミングウェイ）が Serious Constricting-path（真剣束縛道）に変換されたりする（earnest には「真面目な」、hem には「束縛する」の意味があるため）。後年、『ヴァリス』の中で、ディックの分身が、ホースラヴァー・ファット（Horselover Fat）と名づけられるのは、これの延長線上かもしれない（philip はギリシャ語で〝馬を愛する〟とか〝馬好きの〟を意味し、dick はドイツ語で〝太っている〟を意味する）。

すでにお読みになった方はご承知のとおり、このタイトル当てクイズの中には、なぜか作中に答えが書かれていない問題が二問ある。ひとつは、Shaft Tackapple 著の、Bogish Persistentisms（湿地的永存主義）。検索してみると、英語圏の読者も頭を悩ましているみたいですが、僕も翻訳している間はさっぱり解読できず、正解らしきものが閃いたのは翻訳が終わってからでした。推測される答えは、この解説の末尾に書いておくので、クイズ好きの読者諸氏はぜひチャレンジしてみてください。ヒントは、オールタイムベスト級の名作ＳＦです。もう一問の The arithmetical total ejaculated in a leaky flow（算術的合計は洩れる流れの中で発射した）のほうは、ジェイムズ・ジョーンズの小説を原作とする映画の題名（推定）だが、日本ではあまり知られてなさそうな作品なので（というか、僕は知りませんでした）、なかなか正解できないかも。と、話がわき道に逸れた。ともあれ、こんな〈ゲーム〉に興じても、ジョーの心は鬱々として楽しまない。このまま無為に人生を空費していくだけなら、いっそ……と一時は自殺まで考える始末。

働かなくても飢え死にはしないんだから、気楽に暮らせばいいのにと思うわけですが、ジョーはいたって生真面目な性格。前妻（やたら気が強くて頭が切れる）と別れることになったのも、どうやらその性格が災いしたらしいが、それはさておき、人生において大切なのはだれかに必要とされることだ、というのがこの小説のテーマのひとつ。今風に言えば承認欲求が満たされないつらさが本書の導入になる。

そしてある日、待望の〝仕事〟が舞い込んでくる。依頼主は、シリウス星系の第五惑星、通称 Plowman's Planet（直訳すれば〝農夫の惑星〟だが、頭韻に配慮して干し草の星《プラウマンズ・プラネット》にしました）のグリマングと称する謎の存在。早速ウィキペディア（的なもの）で調べようとすると、政府のコスト削減政策で通信制限（的なもの）がかかってしまうあたりが可笑しい。ちなみに、この時代の地球は、集団主義によるソフトな管理社会で、つねに通信が傍受されているという、妙に現代的なディストピア設定になっている。

いろいろあったあと、ジョーは地球をあとにして、プラウマンズ・プラネットへと旅立つ。目的は、海中に沈む大聖堂、ヘルズカラを引き揚げること。この一大プロジェクトのために、ジョー以外にも、推定数百の星系から、種々様々な形態の知的生命種属がグリマングにリクルートされて、ともに働くことになる。その途中で運命の恋人と出会ったりして、おお、ディックには珍しく、ハッピーで前向きな展開かと思いきや……。

と、内容紹介はひとまずこのくらいにして、この小説が書かれた背景を見ておこう。本書の原稿が完成したのは一九六八年二月。エージェント（著作権代理人）のスコット・メレディスに宛てた手紙によると、前年の十一月にはプロットが出来ていたらしい。

もっとも、プラウマンズ・プラネットおよびグリマングの誕生は、さらにその一年前に遡る。両者とも、一九六六年の秋から年末にかけて執筆されたディック唯一のジュブナイル（少年少女向け）SF長篇、The Glimmung of Plowman's Planet に登場していたのである。ただしこの原稿は、エージェントが売り込んだどの出版社からも断られて、著者の存命中には日の目を見ず、没後の一九八八年になって、ようやくイギリスのゴランツ社から、ポール・ディマイヤーのキュートな挿画をつけて、*Nick and the Glimmung* と改題されてハードカバーで出版された（菊池誠訳『ニックとグリマング』筑摩書房、一九九一年刊）。その後、英国版のペーパーバックも出ているが、結局、アメリカでは一度も出版されていない。

簡単に設定を紹介すると、主人公の少年ニックは、両親および愛猫のホレース（同じ名前の猫が『アンドロイドは電気羊の夢を見るか？』にも出てくる）といっしょに、人口過密のため動物を飼うことが禁止された地球をあとにして、植民惑星のプラウマンズ・プラネットへ向かう。そこは、ウーブ、ワージュ、スピドル、トローブ、フクセイなど、（本書にも登場する）さまざまな奇妙な生きものが住む星だった……。

ディック愛好者ならご存じのとおり、ウーブ（Wub）は「ウーブ身重く横たわる」「ふとした表紙に」に登場する異星生物の名前。３Ｄプリンタのようになんでも複製するフクセイ（Printer）は「くずれてしまえ」が出典（『死の迷路』に出てくるテンチともよく似ている）。また、『銀河の壺なおし』には登場しないが、『ニックとグリマング』のほうではけっこう重要な役割をはたす〝父さんもどき〟は、同名の短篇からとられている（「父さんもどき」よりも、その元ネタのジャック・フィニイ『盗まれた街』に出てくる莢人間《ポッド・ピープル》に接近している感じ）。

　本書と共通するのは生物だけではない。『ニックとグリマング』のプラウマンズ・プラネットには、グリマングがこの星に持ち込んだと言われる『ある夏の日』と題された革装の本がある。読むたびに内容が変わるその本には、過去はもちろん、現在から未来まで、あらゆることが書かれているという。本書に登場する〝カレンドの〈本〉〟は、いわばその後継モデル（『ある夏の日』には索引がついていて便利なので、むしろダウングレード版と言うべきか）。

　同書のグリマングは、言い伝えによるとはるか昔からフクセイと対立関係にあり、フクセイを追ってプラウマンズ・プラネットにやってきたのだと言われている。クライマックスでは、フクセイによってつくられた偽グリマングまで登場する。

　とはいえ、『ニックとグリマング』の文章やストーリーが本書に再利用されたわけではなく、両者は別物。『ニックとグリマング』に出てくる材料の一部を使って新たに書いた長篇が『銀河の壺なおし』ということになる。

著者自身は、グレッグ・リックマンのインタビューに答えて、本書についてこんなふうに語っている。

「あっという間に書き上げた。（中略）即興みたいなものだ。派手な花火で眩惑してやろう、ただそれだけさ。この本を気に入ってくれた人間もいれば、そうじゃない人間もいる。アーシュラ・K・ル・グィンは気に入ってくれた。ジョン・ブラナーは、あるとき、『銀河の壺なおし』について、『あの本は手綱がとれてないよね？』と言った。『いやもう、ぜんぜんとれていないよ』と私は答えた。もっとも、小説が作者を置き去りにして勝手に走り出したという意味じゃない。ひとりでに筆が進んだわけじゃない。あの小説を書くのはすごく骨が折れた。でも、いったん空に舞い上がって執筆速度が上がると、維持するのはむずかしい。小説の冒頭でジョーが陥っているような退屈で悲惨な状態に落ち込んで、この小説を書く意味が失われてしまうのが怖かった。だから、いったん離陸したら、そのまま飛ばせつづけるしかない。ある意味では手綱を離れたが、また別の意味では最後まで自分でひっぱっていかなければならなかった。あの本は好きだったよ」（*Philip K. Dick: In His Own Words* より）

なんだか言ってることが矛盾しているように見えるのは、この小説に対する著者のアンビバレントな感情のあらわれか。サンドラ・ミーゼルに宛てた一九七〇年の手紙では、ディックはこう書いている。

「『銀河の壺なおし』は、たいしたことない、ぜんぜんたいしたことない長篇だ。じっさい、書かなきゃよかったと思うくらいだ。もっとも、いいところがないわけじゃない。たとえば――いや、どうでもいい。いいところなんか全然ないよ（あると言いかけたのは、主人公が木箱の中にうずくまっているときラジオを通じて電話がかかってくる場面のことだ）。どっちかと言うと、『銀河の壺なおし』は好きじゃないね。『ザップ・ガン』やなんかと一緒。うげっ」

『ザップ・ガン』も『銀河の壺なおし』も大好きで、喜んで翻訳した人間としては、まさに「うげっ」だが、好きと言ったり嫌いと言ったり、さくっと書けたと言ったり難航したと言ったり、ディックの言葉はどれを信じればいいのかよくわからない。実際、リックマンのインタビューでもクソミソに言っている『ザップ・ガン』にしても、一九六八年のエッセイ「自画像」"Self Portrait"では、〝第三次世界大戦を生き延びるかもしれない数少ない自作〟として、『宇宙の眼』『高い城の男』『火星のタイム・スリップ』の三作の次に挙げられている。けだし、著者の評価はあてにならない。だとしたら、著者以外の人々は本書をどう評価しているのか？

熱烈なPKDファンで著者とも親交の深かったティム・パワーズは、本書について、「飛ぶような速度で書けてしまったからコントロールが利いてないだけで、いくつかの面では、ディックのベスト中のベストの一冊だ」と語っている。

作家デビューしたばかりのころ、ディックと文通していたジェイムズ・ティプトリー・ジュニアは、本書を手にとって冒頭の数ページを読んだとたん、このままだと止まらなくなって（自分の締切をすっ飛ばして）最後まで読んでしまうと思って、本を自分宛ての封筒に入れて郵便ポストに投函したという。同じくロジャー・ゼラズニイも、本書をディック長篇のベスト３に数えている。

傑作なのか駄作なのかよくわからないが、本書がめっぽうおもしろく読めることは、訳者として、またPKDファンのひとりとして、僕自身が保証する。実際、プラウマンズ・プラネットに到着してからは、辛気くさい出だしからは想像もつかない派手な展開が待っている。ダグラス・アダムス『銀河ヒッチハイク・ガイド』のマーヴィンみたいなロボットが出てきたかと思えば、とてもSFとは思えないゴースト・ストーリーじみた怪奇シーンが挿入されたり、「ゴジラ対メカゴジラ」か「ガメラ対ギャオス」かという怪獣対決が描かれたり、すべてを予言する〈本〉をめぐって文学的・哲学的議論が交わされたり、ユング心理学的な〝影との戦い〟がクローズアップされたり……となんでもあり。ついでに言うと、作家志望のけなげなロボット、〝ウィリス〟の名前は、当時ディックが飼っていた雄猫のウィリスから来ているらしい。猫のウィリスは金色の長い尻尾が特徴で、性格はいたって図々しく、人間にあれこれ注文をつけるばかりか、ディックがまだ赤ん坊の愛娘のために温めていたミルクを平気で飲んでしまう。「次はきっと、SF小説が書きたいと言い出すだろう」と前出のエッセイ「自画像」の中でディックは書いている。「ぜひ書いてほしいもんだね。ぜったい売れないから」

個人的に印象深かったのは、グリマングが〝夜の小さな漁師〟と呼ぶ蜘蛛の話（いかにも何かの引用っぽいフレーズだが、調べたかぎりではディックのオリジナルのようだ）。ジョーはそれに触発されて、絶望的な状況でもベストをつくすことの象徴として、食器棚のカップの底に巣を張ったまま死んでいた蜘蛛のことを思い出す。キリストをめぐる議論の中にこういうエピソードをはさむところがディックらしい。蜘蛛と言えば、本書の前年に出た『アンドロイドは電気羊の夢を見るか？』でも、小説の後半で蜘蛛が重要な役割を果たしている。女性アンドロイドのプリス（映画「ブレードランナー」でダリル・ハナが演じたキャラ）は、J・R・イジドアが捕まえた蜘蛛を観察して、「こんなにたくさんの脚は要らないと思う」と言い放ち、その説を実証すべく、爪切り鋏で一本ずつ蜘蛛の脚を切り落としはじめる。イジドアはそれを見て胸を痛めるのだが、つまりそこでも、蜘蛛に対する感情移入（慈しみ、思いやり、カリタス）が、人間と人間以外の知性とを分ける決め手になっている。そう思って読むと、本書には『アンドロイドは電気羊の夢を見るか？』と重なる部分が少なくない（ヒロインのマリ・ヨヘスの体型や言動があからさまにレイチェルを思わせたり、ラジオ・パーソナリティのカヴォーティング・ケアリー・カーンズが『電気羊』のバスター・フレンドリーに似た役どころだったり）。

そして、ローラーコースターのようなめまぐるしい展開のすえにたどりつく〝最後の一行〟は、数あるディック長篇の中でも（私見では）もっとも印象的なもののひとつ。ただし、本国でも、結末の解釈は真っ二つに分かれている。

※以下、本書の結末に言及します。未読の方はくれぐれもご注意ください。

本書のラストで、グリマングと愉快な仲間たち（および恋人）に別れを告げたジョーは、異星生物（多脚腹足類）のアドバイスを受けて、壺なおしから壺つくりへの転身を決意し、生まれて初めて、自分の手でひとつの壺を焼き上げる。壺つくりとしては駆け出しでも、長年、さまざまな壺を修復してきたから、鑑識眼には自信がある。作品第一号を見れば、自分の壺つくりとしての将来が占える。もし才能があるという結論が出れば、恋人と別れたのもまちがいではなかったと言えるかもしれない……。

で、問題の最後の一行は、〝その壺は、ひどい出来だった〟（The pot was awful）。

サンリオSF文庫版では「その壺には威厳があった」と訳されているが、ふつうに考えて、このawfulは「すごい」とか「たいした」という意味ではなく、「ひどい」とか「下手な」の意味だろう。

Twayne's United States Authors Series の一冊として一九八八年に出たディック研究読本の中で、著者のダグラス・A・マッキーはこの結末をポジティヴに解釈し、ジョーは自分自身を再創造する新たな一歩を踏み出したと書いている。いわく、最初につくった壺が悲惨な出来でも、現状を打破しようと試みたことが重要だ。なぜなら、トライしないで現状に甘んじるより、ファウストのように努力して失敗するほうがずっといいからだ……。

作家で書評家のロバート・ビーは、The Internet Review of Science Fiction に寄せた『銀河の壺なおし』論、"An Alien God and a Jungian Allegory" の中でこれに真っ向から反論し、ジョーはこの結末で、本書冒頭の〝孤独と失敗〟の状態に戻ったのだと述べている。どちらかといえばロバート・ビーの主張に分がありそうだが、とにもかくにも一歩踏み出しただけで前進だと解釈したくなる気持ちもわからないではない。というか、書評家（あるいは翻訳家）が自分で小説を書いてみたら悲惨な出来だった……と読み替えると、ますます身につまされて、そのほろ苦さが味わい深い。

さて、本書の翻訳にあたっては、前述した早川書房編集部の清水直樹氏と、校閲を担当してくださった土肥直子氏、竹内みと氏のお世話になった。また、ロシア語の abc 表記が出てくる箇所のカタカナ表記については、大野典宏氏のお知恵を借りた。一部の訳語に関しては、サンリオＳＦ文庫版の汀一弘氏の翻訳を参考にさせていただいた。記して感謝する。もちろん、何かまちがいがあった場合には、すべて訳者の責任です。
思えば、ディックの長篇を一から翻訳するのは、『いたずらの問題』以来、ほぼ四半世紀ぶりだが、おかげでとても楽しい時間を過ごすことができた。読者のみなさんが、それと同じようにこの長篇を楽しんでくださることを祈りたい。

最後に、元タイトル当てクイズの答えを。原文が気になる方のために、他の問題と解答を先に書いておこう。
"The Male Offspring in Addition Gets Out of Bed" の答えは、The Sun Also Rises（ヘミングウェイ『陽はまた昇る』）。
"Quickly Shattered at the Quarreling Posterior" の答えは、Breakfast at Tiffany's（カポーティ『ティファニーで朝食を』）。
"The Cliché Is Inexperienced" の答えは、The Corn Is Green（アーヴィング・ラッパー監督の一九四五年のアメリカ映画「小麦は緑」）。
"Those for Which the Male Homosexual Exacts Transit Tax" の答えは、For Whom the Bell Tolls（ヘミングウェイ『誰がために鐘は鳴る』）。
"The Chesspiece Made Insolvent" の答えは The Pawnbroker（シドニー・ルメット監督の一九六四年のアメリカ映画「質屋」）。

で、問題のShaft Tackapple著"Bogish Persistentisms"の正解は、おそらく、レイ・ブラッドベリ『火星年代記』(The Martian Chronicle)。Martian(火星の)がmarsh(沼)の形容詞形と解釈され、bog(沼)を形容詞化したbogishになったらしい。著者名のshaftには「一条の光線」の意味があり、ray(光線)と重なる。bradは「無頭釘」なのでtack(画鋲)に変換されたのだろうが、bury(berry?)がappleになる理屈はよくわからない。chronicleがpersistentismsになる理屈も不明だが、まあ、答えは『火星年代記』でまちがいないでしょう。もうひとつの"The arithmetical total ejaculated in a leaky flow"の答えは、Some Came Running(ヴィンセント・ミネリ監督、シャーリー・マクレーン、フランク・シナトラ主演の一九五九年のアメリカ映画「走り来る人々」)。someがsum(合計)になり、runningは「流動」と解釈された模様。あとは下ネタです(ejaculateは「射精する」、comeは「達する」の意味がある)。

訳者略歴　1961年生，京都大学文学部卒，翻訳家・書評家　訳書『ザップ・ガン』ディック，『ブラックアウト』ウィリス，『カエアンの聖衣〔新訳版〕』ベイリー，『すばらしい新世界〔新訳版〕』ハクスリー　編訳書『人間以前』ディック　著書『21世紀SF1000』（以上早川書房刊）他多数

HM=Hayakawa Mystery
SF=Science Fiction
JA=Japanese Author
NV=Novel
NF=Nonfiction
FT=Fantasy

銀河《ぎんが》の壺《つぼ》なおし
〔新訳版〕

〈SF2150〉

二〇一七年十月二十日　印刷
二〇一七年十月二十五日　発行

（定価はカバーに表示してあります）

著者　フィリップ・K・ディック
訳者　大《おお》森《もり》望《のぞみ》
発行者　早川浩
発行所　株式会社早川書房
郵便番号　一〇一 - 〇〇四六
東京都千代田区神田多町二ノ二
電話　〇三 - 三二五二 - 三一一一（大代表）
振替　〇〇一六〇 - 三 - 四七七九九
http://www.hayakawa-online.co.jp

乱丁・落丁本は小社制作部宛お送り下さい。送料小社負担にてお取りかえいたします。

印刷・星野精版印刷株式会社　製本・株式会社川島製本所
Printed and bound in Japan
ISBN978-4-15-012150-1 C0197

本書は活字が大きく読みやすい〈トールサイズ〉です。